『자비를 나르는 수레』

오지에서 풀다

『자비를 나르는 수레』

지은이: 오시환(서암)

마인드큐브

자비를 나르는 수레꾼

'자비를 나르는 수레꾼'은 재가불자 NGO로서,
아시아의 빈곤한 가정의 청소년 교육을 지원하는
서울특별시에 등록된 비영리민간단체입니다.

돌탑

돌멩이
하나 올리고
욕심 하나
내리고

- 지산

Contents

기적 1

사람들은 이따금씩 일어나는 사건을
비록 그 원인을 모를지라도
지금껏 본 적이 없는
기적으로 간주한다.
- 블레즈 파스칼, 《팡세》 중에서

세상을 살아가는 방법 가운데 두 가지가 있습니다. 하나는 기적은 일어나지 않는다고 믿으며 살아가는 것이고 또 다른 하나는 모든 것이 기적이라고 믿으며 살아가는 것입니다.

저는 지금 새로 갓 지은 공예학교 마당에 앉아 열대의 야자나무와 망고나무 사이로 고요히 저물어가는 붉은 노을을 바라보며 이곳에서는 '기적은 결단코 일어나지 않을 거야!'라고 생각했던 곳에서 일어난 기적 같은 광경을 바라보며 이 글을 쓰고 있습니다. 바라보이는 왼쪽에는 2008년에 세운 '뽀디봉(Pothivong)' 초등학교가, 또 저 멀리 맞은편 오른쪽에는 태국과의 국경을 이루고 있는 야트막한 땅렉(Dongreak)산맥을 북쪽으로 등지고 2012년에 세운 '수레꾼 뽀디봉' 중학교가 서로 마주 보고 있습니다. 그리고 학교 운동장에서 동쪽을 바라보면 빨간 지붕을 얹고 새하얀 칠을 한 세 개의 교실을 일(一) 자 건물이 아닌 디귿(ㄷ) 자 모양으로 예쁘게 디자인된 공예학교의 건물을 2023년 여름에 지었습니다. 이 세 곳의 학교 모두는 '자비를 나르는 수레꾼'(이하 수레꾼)이라는 이름의 서울시 등록 비영리민간단체의 후원금으로 세워졌으며 코로나 시대를 제외하고는 한 해도 거르지 않고 매년 이 학교와 마을을 찾아 이곳의 아이들을 보살폈습니다.

지금부터 들려드릴 이야기는 태국과 25km 남짓 떨어진 캄보디아의 뽀디봉 국경 마을에서 '수레꾼'이 지난 16년간 그들과 함께 호흡하고 함께 땀 흘린 일에 대한 작은 기록입니다. 물론 이 기록 안에 그동안 있었던 모든 일을 다 담을 수는 없습니다. 집도 없고, 마실 물도 없고, 전기도 들어오지 않는, 그리고 17km에 불과한 비포장도로를 4시간 이상 걸려서 들어가야 하는, 그야말로 황무지 중에 황무지였던 작은 마을에 학교를 세우고, 캄보디아 수도인 프놈펜(Phnom Pehn)으로부터 캄보디아 최북단에 위치한 썸라옹(Samraong)까지 그 멀고 먼 거리를 주저함이 없이 다녔던 수레꾼 초기의 산증인인 고(故) 장연수(원일거사)님이 5년 전(2019년 작고) 이 세상을 떠났기 때문입니다. 그가 현재까지 살아있었더라면 그의 마음과 그가 겪었던 힘겨웠던 여정까지 모두를 담아 기록으로 남길 수 있었겠지만 그렇게 하지 못하는 것을 안타까이 여기면서 그동안 수레꾼의 기획자로서 겪었던 저의 모든 경험과 시선을 담아 생명이 저무는 날까지 최선을 다했던 그의 모습을 기억하면서 이 글을 씁니다.

15년이란 기간은 결코 짧은 시간은 아니었습니다. 그 사이에 수많은 단체들이 겪을 수 있는 역경과 변화, 그리고 갈등과 분열이 우리 단체에도 여지없이 닥쳐왔습니다. 그러나 그러한 갈등과 분열과 헤어짐을 통해서도 굳건하게 수레꾼을 유지할 수 있도록 든든한 버팀목이 되어주신 초대 남지심 선생님과 2대 수레꾼 대표인 박세동님, 그리고 창설 초기부터 변함없이 수레꾼을 뒤에서 받쳐주시는 김재영 법사님과 늘 끊임없이 후원하여 주시는 수많은 수레꾼의 후원자님들 덕분에 작은 단체로서는 결코 이룰 수 없었던 수많은 일을 기적같이 해낼 수 있었습니다. 종교적인 차원에서 거론되는 신기한 기적적인 사건은 뒤로하고, 보통 일상사에서 부를만한 기적이란 '가능성이 매우 희박해서 목표한 대로 이루어지는 것을 기대조차 하기 힘들거나 아예 불가능해 보일 것'이라 생각했던 일이 '실제로 일어난 경우'를 말합니다.

뽀디봉 마을에는 마실 수 있는 물이 없었고, 그 흔한 야자나무조차 존재하지 않는 참으로 척박하기 이를 데 없는 빈곤한 땅이었습니다. 지금의 뽀디봉 마을에는 망고와 코코넛과 바나나가 열리는 야자나무가 학교에도, 마을 거리에도, 집집마다 자라고 있으며, 이 나무들에게 매일 줄 수 있는 물이 있는 곳으로 변했습니다. 기적이라고 부르기에는 참으로 소소한 일이겠지만 저는 이것을 기적이라고 부르며 이 글을 쓰고자 합니다.

이토록 작은 기적을 이루게 해준 큰 힘은 다름 아닌 붓다의 가르침을 바탕으로 한 바라밀의 실천이었습니다. 붓다의 가르침의 핵심은 '지혜'와 '자비'입니다. 이들은 둘이 아니라 같은 몸입니다. 마음을 닦아서 얻어진 자비는 사랑과 연민을 동시에 품고 있습니다. 사랑이란 자신의 따뜻한 마음을 남에게 나누어주는 마음이고, 연민이란 남의 슬픔과 아픔을 내 것처럼 여기고 다친 상처를 낫게 해주듯 슬픔과 아픔을 치료해 주는 마음입니다. 이 마음을 불교에서는 '나눔을 실천하는 바라밀의 마음'이라고 부릅니다. 바라밀이란 인도말인 파라미타(paramita)에서 온 말인데, 번잡한 마음을 깨끗한 마음으로 바꾸는 일입니다. 풀이해서 말하자면 베푸는 일을 하면서 베풀었다는 마음을 갖지 않고 묵묵히 실천하라는 뜻을 품고 있습니다.

금강경에서는 이것을 이렇게 가르칩니다.

"생각에 머물러 마음을 일으키지 말라."

이 말은 '베풀고, 베풀었다는 생각에 머물지 말라'는 뜻입니다. 수레꾼은 이러한 가르침 아래 돌멩이를 하나씩 올릴 때마다 욕심을 하나씩 내려놓는 돌탑을 15년간 쌓아왔습니다.

이제 뽀디봉 마을에는 구멍이 숭숭 뚫려 허물어질 듯 위태로운 원두막 같은 집들은 점차 사라지고 그럴듯한 벽돌집들이 하나둘씩 들어서면서 수도꼭지를 틀면 물이 나오고 전깃불도 들어오는 마을(2022년부터 전기 공급)로 변했습니다. 이렇게 물이 나오고 전기가 들어오기까지 수레꾼이 해야 하는 일은 아이들을 가르치는 일이 중단되지 않도록 지원하는 일이었고, 급한 대로 마실 물과 목욕을 할 수 있는 우물을 열심히 파는 일이었습니다.

바람이 불 때마다 온갖 쓰레기들이 이리저리 뒹구는 마을과 학교에서 새하얀 교복을 빨지 못해 까맣게 변할 때까지 입고 다니고, 땟국물과 콧물이 범벅이 되어 흐르던 아이들의 얼굴에 어느새 하나둘 환한 웃음꽃이 피어났습니다. 망고 열매가 주렁주렁 매달린 야자나무 그늘 아래에서 옹기종기 둘러앉아 책을 읽고, 학생들이 만든 꽃밭에 아이들이 물 호스를 끌고 다니며 물을 주는 모습을 실제로 보게 될 줄은 꿈에도 몰랐습니다. 마을 사람들이나 학생들은 물론 교사들조차 쓰레기에 무심하고 위생에 조금도 관심이 없던 그런 곳이었습니다.

지금도 뽀디봉 마을은 오토바이가 달리며 먼지를 일으키고, 바람이 세차게 불어올 때마다 흙먼지가 이리저리 날리고 있으며, 기나긴 우기를 지날 때에는 예외 없이 땅이 움푹움푹 패이는 비포장도로를 지나서야 갈 수 있는 오지 마을이지만 이제는 조금씩 사람이 살아갈 만한 그래서 '살아있음'을 여실히 보여주는 예쁜 마을로 변해가고 있습니다. 어떻게든 해보겠다는 급한 마음들을 하나씩 내리고 사랑과 연민을 수레에 가득 싣고 빈곤하고 헐벗은 땅이었던 캄보디아 뽀디봉 마을에서 하나씩 올려 쌓은 돌탑의 모습을 보게 됩니다. 그리고 그 돌탑 옆에서 자라나는 수많은 캄보디아의 어린이들의 이야기, 그 어린이들을 가르치는 선생님들의 이야기, 마을 사람들의 이야기들을 본대로, 느낀대로 펼쳐보고자 합니다.

뽀디봉 마을에서
수레꾼 오시환(서암)

"

물도 전기도 없던 황무지 땅 -
캄보디아 국경마을 '뽀디봉'에서 일어난
16년간의 실천과 나눔의 기적같은 여정

"

2010년

1부

2008년
씨앗을 심다

흙 속에 씨앗 한 알을 심으면
자라나 꽃이 되고 나무가 된다.
이것은 기적이 아니다

자비를 나르는 수레꾼은
비록 진흙에서 자라났지만
결코 더러움에 물들지 않는 연꽃과
진리의 가르침을 상징하는 수레바퀴처럼
아름다운 미래를 열어갑니다.

오직 빌려 받은 땅뿐

왜 한 쪽의 여유는
다른 한쪽의 궁핍을
채울 수 없는가.
- 쟝 지글러, 《왜 세계의 절반은 굶주리는가》 중에서

'썸라옹'(크메르어: សំរោង, Samraong)은 캄보디아 북서부 '옷따민쩨이(Oddar Meanchey) 주'(province)의 주도로 주 관공서가 있는 도시이며, 이 도시의 이름은 크메르어로 "눈앞이 안 보일 정도의 밀림"을 뜻하고 있습니다. 앙코르 시대에는 상당한 밀림이 존재했던 것으로 보이는 이 작은 도시에서 비포장도로를 따라 태국 국경을 향해 약 17km 북쪽으로 더 올라간 외진 곳에 뽀디봉(Pothivong)이라는 작은 마을이 있습니다. '자비를 나르는 수레꾼'은 2008년, 이곳에 초등학교를 세웁니다.

킬링필드 사건으로 세계적으로 유명세를 탄 캄보디아는 '붉은 크메르'라는 뜻의 캄보디아 공산당 무장 군사조직인 크메르 루주(Khmers rouges)군에 의해 1975년부터 1979년까지 만 4년(정확하게는 3년 8개월)이 채 지나지 않는 동안 약 150만 명에서 170만 명

(당시 총 인구 700만 명)으로 추정되는 캄보디아 국민이 자국민에 의해 집단 학살당했던 가슴 아픈 역사를 지닌 나라입니다. 피비린내 나는 20세기 세계사에서도, 그리고 세계 공산당의 그 어떤 역사에서도 단연 최악의 학살자로 손꼽히는 인물이자, 캄보디아 전체를 황폐화시킨 희귀한 독재자 폴 포트(본명 살롯 사, Saloth Sâr)가 이끌었던 크메르 루주는 자신들의 이념을 국민 전체에게 강요하면서 국민 5명당 1명꼴로 살해한 잔혹하고도 냉혹한 공산정권이었습니다.

약 4년 동안 이어진 크메르 루즈 정권의 공포스런 통치는 수많은 가정들을 해체시켰을 뿐만 아니라 그들이 주도했던 괴상한 농업개혁을 단행함으로써 국민들은 또 다른 기아로 굶어 죽어갔습니다. 그들은 그럼에도 불구하고 계속해서 잔혹스럽고 무차별적인 처형과 고문을 아무렇지도 않게 저질렀습니다. 그러나 크메르 루주는 과거의 공산 동맹이었던 베트남에게 1980년 1월 8일에 패배하여 실각된 이후, 베트남의 지배를 받는 캄푸치아 인민공화국으로 대체되었습니다. 그래도 여전히 크메르 루주는 사라지지 않고 오히려 캄보디아 북쪽으로 도피하여 망명정부를 건립하며, 1993년까지 10여 년 이상을 국제연합 의석을 유지하면서 저항하고 있었습니다.

1993년 시아누크 국왕의 왕정이 복고되면서 반군의 수장으로 전락한 폴 포트는 1997년 결국 자신의 심복에게 체포되어 재판에

서 종신형을 선고받고는 캄보디아 북부 산 중턱에 있는 작은 헛간
에 연금되었다가 1998년 4월 15일에 잠을 자는 중에 심장마비로
죽습니다. 폴 포트가 죽음으로써 크메르 루즈의 시대는 막이 내리
고 캄보디아에는 다시 평화가 찾아왔습니다. 새롭게 수립된 캄보
디아 정부가 크메르 루즈에 속한 군인이었다 하더라도 무기를 버
리고 항복한다면 더 이상 죄를 묻지 않는다고 선언하자 많은 군인
들이 항복을 해왔습니다.

썸라옹은 폴 포트가 마지막까지 이끌던 반군 사령부가 있던 알
롱뱅에서 불과 70km밖에 떨어져 있지 않은 아주 가까운 곳에 있
었으며 크메르 루즈에 속해 있던 군인들과 농지를 갖고 있지 않은
빈농들과 화전민들이 많이 살고 있었던 지역이었습니다. 하지만
당시 캄보디아 정부는 이들의 생계를 위해 그 어떠한 대책도 세워
줄 수 없는 무대책의 정부였습니다. 이러한 캄보디아 정부를 대신
해서 캄보디아의 승왕(僧王, King Monk)이었던 뗍봉스님(ឋេព វង្ស,
Tep Vong, 2024년 2월 입적)이 이리저리 떠돌고 있는 화전민과 항복
한 군인들이 가족들과 함께 살아갈 수 있는 생활 터전을 마련해주
기 위해 정부와 큰 협상을 하였습니다.

불교국가인 캄보디아에는 당시 두 명의 왕이 공식적으로 존재
하고 있었는데 하나는 국가원수인 왕(សម្ដេចតេជោ, King Father, 아버지
왕이라는 뜻으로, '썸스떼 까우'라고 부름) 노르돔 시아누크(Norodom

Sihanouk, 1922~2012)와 승단의 최고 스님인 뗍봉(위대한 성인이라는 뜻으로 썸덱썽 សម្តេចសង្ឃ으로 부름, Tep Vong King Monk) 승왕이었습니다. 뗍봉 승왕은 정부로부터 100년간 임차 조건으로 상당한 땅을 불하받고 크메르 루즈에서 항복한 군인들과 화전민 그리고 빈농들에게 농사를 지을 수 있는 농지를 나누어주기 시작했습니다. 이 마을의 이름도 뗍봉 승왕의 이름 사이에 깨달음이란 뜻의 보디(Bodhi)를 넣어 '뗍-보디-봉' 마을이라고 불렀다가 지금은 줄여서 뽀디봉이라고 부르게 되었습니다.

뗍봉 승왕스님은 뽀디봉 마을로 이주하는 사람들의 생계 대책을 마련해야 했지만 뾰족한 수를 찾을 수 없었습니다. 캄보디아는 7만 명의 승려[01]를 거느리고 있는 불교 국가답게 사찰은 붓다의 가르침을 전해주는 사찰의 본래적인 기능에 더하여 학생들을 가르치는 학교의 기능까지 갖추고 있었습니다. 또한 가난한 학생과 노숙자를 위한 기숙사 역할뿐만 아니라 병자를 돌보고 치료하는 병원의 기능까지 해야 하는 사찰의 역할을 누구보다도 잘 알고 있는 뗍봉스님은 이주해 온 뽀디봉 마을 사람들에게 생계를 보장해주고, 그들의 자녀들의 교육을 책임져야 하는 의무를 동시에 지니게 되었습니다.

---

01 캄보디아 승려 70,900명(마하니까야 종파 68,476명, 담마유티까니까야 종파 2,424명)

이리저리 떠돌며 남의 땅에 농사를 짓던 화전민들과 무기를 버리고 항복한 군인들에게 이 마을로 이주해 오면 농사를 지을 일정한 면적의 땅을 나누어 줄 것이라고 널리 알려지기 시작하자 마땅한 생계 수단이 없던 사람들이 그들의 가족들을 이끌고 마을로 물밀듯이 이주하기 시작했습니다. 그러나 불행하게도 이 마을에는 물이 흐르는 강이 없었고, 물이 모여있는 물웅덩이조차 없었습니다. 우기 때 내리는 빗물을 담아낼 항아리도 없었습니다. 농지는 있으나 농사를 지을 농수가 없으니 식량은 있을 턱이 없고, 마실 수 있는 식수조차 4-5시간이나 걸어가서 길어와야 하니 살아가는 일이 녹록지 않은 곳이었습니다. 전기는 말할 것도 없는 그야말로 아무것도 없는 황량한 땅이었습니다. 사람들은 마을로 이주해 들어와서 그들에게 임대해 준 땅에 싸구려 판자로 얼기설기 이어서 구멍이 숭숭 뚫린 허름한 원두막을 짓고 아이들과 함께 비와 열대의 더위를 피하면서 궁핍한 채 살아가야만 했습니다. 그들이 손에 쥔 것은 오직 정부로부터 빌려 받은 헐벗은 땅뿐이었습니다.

인연

사과가 떨어졌다
만유인력 때문이란다
때가 되었기 때문이지
- 〈이철수 판화〉

2009년 가을이었습니다. 어느 작은 불교모임에 참석했다가 모임을 파하고 집으로 돌아가는 길이었습니다. 같은 모임에 참석했던 한 보살님(불교에서는 여신도들을 보살이라고 부름)이 저에게 지나가며 말했습니다.

"제가 아는 한 분이 계시는데요. 그분은 전직이 교장 선생님이셨는데 전 재산을 다 정리하고 캄보디아로 가서 학교를 지었대요. 그리고 그곳에서 캄보디아 학생들을 가르치고 있어요."

저는 그 말을 들으면서 '참 대단하신 분이 계시군' 하고 생각할 뿐 저와는 매우 머나먼 나라의 이야기로 들렸습니다. 제게는 그 교장 선생님처럼 현지에 가서 그러한 아름다운 일을 실천할 수 있는 능력이 전혀 없었기 때문이었습니다. 제가 할 수 있는 일이란 고작

1만 원의 후원금을 내는 일이 전부였습니다.

"그분은 독실한 기독교인인데요. 불교국가에 가서서 전도를 하고 계셔요. 서암님도 이 학교 일을 도와주시면 그 교장 선생님만큼 일을 잘하실 거 같아요."

그 당시 참석했던 작은 불교모임이란 이제 막 캄보디아에 초등학교를 세우고 그 학교를 후원해 주는 재가불자들의 모임이었습니다. 저의 지인이었던 분이 저에게 후원을 부탁해서 월 1만 원의 후원금을 내고 있었던 모임이었고, 그 단체의 이름이 바로 '자비를 나르는 수레꾼'이었습니다. 보살님이 지나가는 말로 던져준 교장 선생님의 이야기는 매우 간단했지만 사실은 가슴에 큰 울림으로 남았습니다. 그렇지만 저는 그 일을 아무 일 없던 듯 가슴 속에 묻어두고 말았습니다.

그러던 어느 날 수레꾼의 상임대표를 맡고 계셨던 남지심 선생님이 제가 일하는 식당으로 찾아오셨습니다. 그분은 당시 불교소설인 《우담바라》를 쓰신 유명 소설가이기도 했습니다.

"수레꾼의 일을 도와주시면 좋겠습니다."

저는 멀뚱하니 선생님을 바라보았습니다.

"아시잖아요. 캄보디아에 학교를 지은 거. 그 학교를 지원하는 일을 맡아주시면 좋겠어요."

저는 잠시 혼란스러웠습니다. 당시 저는 바이올린 연주가인 강현진 단장이 이끄는 불교계에서 유일했던 서양 악기 연주 단체인 니르바나 오케스트라의 후원회장을 맡고 있었기 때문이었습니다. 니르바나 오케스트라는 서양 악기를 중심으로 불교음악을 전문으로 연주하는 단체였지만 이 단체를 유지하고 정기연주회를 꼬박꼬박 여는 일이 결코 쉽지 않았습니다. 후원회를 조직해야 했고, 후원회를 통해 후원금을 마련하고, 연주회 때마다 니르바나 오케스트라를 도와주는 일을 해야 했습니다. 두 가지의 일을 같이한다는 것은 몹시 버거운 일이었으며 능력을 훨씬 넘어서는 일이었습니다.

"선생님께서 하신 말씀은 알아들었지만 지금 상황으로는 어렵습니다. 제 능력이 거기까지 닿지 않습니다."

니르바나 오케스트라의 후원회장이라는 소임도 벅찬 일인데 수레꾼의 일까지 맡는다는 것은 분명 주제넘은 일이었습니다. 그렇지만 한편으로는 캄보디아가 아주 낯선 곳도 아니었습니다.

제가 캄보디아를 처음 접한 것은 2002년의 어느 날이었습니다.

마흔여덟 살이라는 중년 후반, 암울한 IMF 시대를 만나 파란만장한 삶을 살아야 했던 저는 IMF라는 벽을 넘기 위해 21년 동안 종사했던 광고 마케팅 기획자에서 벗어나 요리사로 전업을 할 요량으로 미국으로 건너갔습니다. 그리고 플로리다의 '하야시'라는 일식당에서 1년 동안 주방보조 과정을 거친 후, 뉴욕의 맨하튼 32번가에 소재하고 있는 한국식당 '큰집'의 야간 주방에서 음식 일을 본격적으로 배우기 시작하고 있었던 때였습니다.

어느 날 지하 주방에서 일하고 있는 내게 대우그룹 기획조정실에서 같이 근무했던 후배 디자이너가 인편으로 《앙코르 기행》[02]이라는 책을 출간하여 보내주었습니다. 그 책은 우리나라에서 앙코르 유적을 다룬 첫 번째 책이 되었고, 이 책의 출간 당시에는 한국인의 캄보디아 앙코르 관광 붐은 아직 일어나기 전이었습니다.

저자는 책의 서문에서 다음과 같이 썼습니다.

알면 알수록 더 이해할 수 없는 것들이었다.
불가사의는 궁금증을 가지면 가질수록 더 불가사의하다.
시간이 지나고 앙코르에 대한 이해가 쌓일수록

---

02 앙코르 기행 : 저자 심인보. 1982년 중앙대학교 예술대학을 졸업한 뒤, 사진과 그래픽아트 작업을 하고 있다. 대한민국 산업디자인전 추천작가, 심사위원을 거쳐, 디자인 전문회사 브랜드나인을 경영했다. 현재는 사진공간 위로를 운영하며 사진 아카데미를 진행하고 있다. 저서로는 《the girl inside》(사진집)과 《곱게 늙은 절집》, 《앙코르 기행》, 《얼굴》 등 사진 에세이집을 출간했다.

낯설고 이국적인 문명이 서서히 내게 다가왔다.

하지만 50을 넘나드는 나이에 미국에서 어렵게 요리를 배우고 있던 저는 옛 앙코르 제국의 역사에 귀를 기울일 틈이 없었습니다. 이후 저는 귀국했고 그로부터 3년쯤이 지난 2007년, 서기 802년부터 서기 1431년까지 무려 630여 년간 동남아시아 전역을 유일하게 주름잡았던 신비하고도 독특한 미(美)를 품고 있는 앙코르 제국을 직접 살펴보기 위해 캄보디아로 날아갔습니다. 그리고 앙코르 유적 여행을 하는 동안 책의 저자처럼 알면 알수록 더 이해할 수 없는 신비의 나라 속으로 깊이깊이 빠져들어 갔습니다. 대부분의 한국인들이 3박 5일이라는 짧은 기간의 패키지 여행을 하고 있는 동안, 저는 앙코르 유적군이 몰려있는 씨엠립을 10박 12일씩 수 차례 탐방했습니다. 또한 캄보디아 중부와 북부에 흩어져 있는 여러 앙코르 유적들, 그리고 앙코르 와트와 비견될 정도로 자랑스럽게 위용을 떨치고 있는 태국에 위치한 대형 앙코르 유적지인 파놈룽(Phanom Rung)과 무앙탐(Mueang Tam), 그리고 라오스에 있는 왓푸(Vat Phou) 유적까지도 샅샅이 훑고 다녔습니다.

제게 있어서 앙코르 제국이 남긴 유적들은 불가사의 자체였으며 실크로드 여행과는 사뭇 색다른 유혹이었습니다. 게다가 170만 명에 달하는 자국민 학살이라는 전무후무한 내전의 후유증으로 세계 최빈국이라는 오명을 뒤집어쓰고 있는 캄보디아를, 한국

전쟁이 끝난 이후 처음으로 태어난 베이비붐 세대에 속한 제가 바라보기에는 그 어느 나라보다도 애잔하고 애틋한 감정을 가지는 것은 어찌 보면 당연한 일이었습니다.

이러한 제게 학교를 짓고 지원해달라는 남선생님의 간절한 얼굴을 마주하니, 캄보디아 여행 중에 만났던 가슴 아린 기억들이 떠올랐습니다. 학교에서 공부해야 할 시간에 관광지와 시장을 떠돌며 세계 각지에서 온 관광객들 앞에서 땟국물 흐르는 두 손을 합장하며 구걸하는 아이들의 그 어린 손들이 눈앞에 선하게 그려졌습니다.

"그래, 저 아이들은 이곳에 있을 아이들이 아니야. 학교에 가야만 하는 아이들이야."

야학

할미꽃이
비를 맞고 운다.
비가 얼마나 할미꽃을 때리는동
눈물을 막 흘린다.
〈이성윤 안동 대곡분교 3년〉
- 이오덕,《나도 쓸모 있을 걸》중에서

1남 1녀의 삼대독자로 태어난 저는 13살 차이의 누님이 있습니다. 60년대 초였습니다. 누나는 제가 장충초등학교 시절에 교생 실습을 왔을 정도로 저와 나이 차가 많이 났습니다. 누나는 당시 이화여대 교육학과를 다니고 있었는데 어느 날 제 손을 잡고 금호동 강변의 야트막한 산 중턱에 있는 몹시 허름한 학교로 데리고 갔습니다. 금호동은 신당동에서 금호동 고개를 넘어 응봉동과 옥수동 사이에 있는, 한강 변에 이르기까지 꽤 넓은 산비탈 지역에 자리 잡고 있었는데 일부 지역만 제외하고는 판잣집이 그득했던 달동네 촌이라고 해도 과언이 아니었습니다.

한강이 내려다보이는 산 중턱 허름한 교실에서 누나는 어린 학생들을 가르치고 다시 밤길을 걸어 집으로 돌아왔습니다. 가로등도 없는 산길과 밤길을 젊은 처자가 혼자 다니는 것이 불안했던 어머니는 그래도 남자라고 어린 꼬마인 저를 누나한테 붙여준 것이었습니다. 게다가 누나가 하는 일이 구두닦이, 신문팔이, 거지들을 가르치는 것이라고 하니 어머니는 불만과 걱정이 이만저만이 아니었습니다. 그도 그럴 것이 어머니에게 누나는 당시 최고의 명문인 경기여중, 경기여고를 졸업한 수재로 이화여대를 다니고 있어 자랑 중에 큰 자랑이었는데, 밤중에 그것도 가난하고 못사는 아이들을 가르친다니 이해가 가지 않았던 것이었습니다.

그 학교의 이름은 '참삶 배움의 집'이었습니다. 참삶에 대하여 이해할 수 있는 나이는 아니었지만 그 이름이 풍기는 맛이 참 좋았습니다. 어린 초등학교 시절에 누나의 손을 잡고 걸어서 갔던 금호동의 그 밤길을 저는 중학교를 다니고 고등학교를 졸업할 때까지 잊을 수 없었습니다. 그래서 대학에 들어가자마자 금호동 한강변 언덕에 자리 잡고 있던 참삶 배움의 집을 다시 찾아갔습니다.

"저 여기서 선생님 할 수 있습니까?"

하얀 블록으로 거칠게 쌓은 네 개의 교실을 가진 참삶 배움의 집 교무실은 몹시 어두웠습니다. 나이 제한 없이 남녀에게 중학교 1, 2, 3학년 과정을 가르쳐서 검정고시를 통해 진학할 수 있도록 중학 과정을 이수하게 하는 일이었습니다. 당시 젊은 교장(물론 교장도 대학생이었습니다)은 제게 어떻게 이곳을 알고 오게 되었는지를 물었습니다. 저는 누나와 있었던 일, 이 학교의 설립자인 명예 교장과의 관계를 이야기하자 두말없이 중학교 3학년 국어 담당 선생으로 임명했습니다. 박정희 군사 정권 시절에는 수시로 대학교의 문이 닫히는 바람에 낮에는 낮대로 밤에는 밤대로 이곳에 와서, 낮에는 학교 공사를 돕고 밤에는 아이들을 가르치는 일을 했습니다.

아이들이 살고 있는 판잣집들은 대개는 남의 마당을 가로질러서 가야 했으며 작고 작은 단칸방에 한 가족 모두가 함께 지내는 경우가 허다했습니다. 결석하는 아이들이 있어서 아이들을 앞세워 어렵사리 집을 찾아가 보면 본인이 다쳐서 누워 있거나 부모가 아프거나 해서 학교에 나오지 못하고 있었습니다. 작은 방구석에 누워 있는 부모나 조부모들 그리고 아궁이에 쪼그려 앉아 머리를 숙이고 있는 아이들을 볼 때마다 아픈 가슴을 쓸어내리고 그 모습이 안타까워 눈물도 많이 흘렸었습니다. 그런데 이제 캄보디아라니, 그것도 학교라니, 다 타버린 촛불같이 아득하게 사라진 '참삶 배움의 집'에서 아이들을 가르쳤던 젊은 날의 빛바랜 기억들이 오래된 앨범에서 하나둘씩 헤집고 기어나오자 잠들었던 영혼이 깨어나는 듯했습니다. 그리고 결심했습니다.

남선생님에게 말했습니다.
"제가 능력은 없지만 한 번 해보겠습니다."

사무국장

내게 주어진 미션은
티셔츠를 입는 것만큼
쉬워야 한다.
- 피터 드러커,《최고의 질문》중에서

이렇게 해서 작고 작은 불자들의 모임인 '자비를 나르는 수레 꾼'의 초대 사무국장이 되었습니다. 나는 남선생님에게 물었습니다. 학교를 지은 위치와 현재의 상황 그리고 마을 사람들의 생활상에 대해. 하지만 선생님도 현재 처해 있는 상황들에 대해 자세히 알 수 없었습니다. 지금처럼 구글 지도가 세상에 나오지 않았을 때이니 저도 이 마을의 위치가 어디에 있는지 확인할 수 없었습니다. 게다가 오지 마을의 속사정에 대해 알 수 있는 통신수단이 전혀 없었고 통신수단이 있다 한들 그 나라 사람들하고 언어가 통할리 없었습니다. 그러나 현지에서 일하고 있는 장연수님에게 들은 바로는 그들은 몹시 가난했고 더 분명한 것은 그들에게 마실 물이 없다는 것이었습니다.

당시 캄보디아에는 세계의 관광객들이 앙코르 제국의 유적군이 있는 씨엠립으로 밀물처럼 밀려 들어오고 있었습니다. 캄보디아 관광청이 외국인 관광객 수를 기록하기 시작한 1993년에는 11만 8,000명이 캄보디아를 찾았다고 기록되었으나, 캄보디아의 치안이 안정되자 관광 인프라를 미처 갖추기도 전인 2005년에는 140만 명이, 2013년에는 230만 명, 2014년에는 300만 명에 달하는 외국인 관광객이 씨엠립을 찾았습니다. 이 가운데는 한국인 관광객도 점차 늘어서 연간 30만 명에서 40만 명까지 늘었습니다. 앙코르 유적을 방문하는 외국인 관광객 순위로 치면 중국에 이어 두 번째로 많은 수를 점하고 있었습니다.(2014년)

앙코르 유적으로 들어가는 짙은 황토 빛깔의 도로, 그 길가에 늘어선 우람한 열대의 나무들, 이국의 특이한 모습을 한 호텔들, 그리고 무엇보다 상상할 수 없는 저렴한 물가 등과 함께 이집트 유적이나 로마의 유적과 필적할 만한, 앙코르 와트의 장엄하고도 신비한 관광 인프라로 정말 정말 수많은 외국인 관광객들이 씨엠립을 찾았습니다. 그러나 그것은 오로지 씨엠립 뿐이었습니다. 씨엠립 이외의 땅들은 그야말로 척박하기 이를 데 없었습니다.

남선생님은 이렇게 말했습니다.

"캄보디아가 공산국가에서 벗어나 자유주의국가로 변했다는 소식을 들었어요. 아시다시피 캄보디아는 크메르 루즈에 의한 내전으로 수많은 사람들이 죽었잖아요. 불교국가이기도 하고 정말 가난한 나라 중에 하나라고도 해서 무작정 캄보디아로 날아갔어요. 그리고 캄보디아에서 가장 높은 스님이 누구냐고 묻고 그분을 만나게 해달라고 했어요."

1991년 캄보디아 국민당 정부는 불교를 국교로 선포하고 헌법에 불교를 국교로 규정한다는 조항을 넣었으며 따라서 전 국민의 약 95%가 불교 신자인 나라입니다. 캄보디아 불교의 승단은 마하니까야와 담마윳니까야 2개의 종파로 구성되어 있는데 승려의 수는 현재 70,900명(마하니까야 종파 68,476명, 담마유티카 니까야 종파 2,424명)에 달하고 있습니다. 남선생님은 캄보디아 최대 종단인 마하니까야의 최고 스님인 뗍뽕 승왕스님과 만나게 되었습니다.

승왕스님은 한국에서 온 한 소설가를 만나자 매우 기뻐했습니다.
"캄보디아를 찾아주셔서 정말 기쁘고 반갑습니다. 현재 캄보디아는 매우 어려운 상황에 처해 있습니다."
남선생님은 승왕스님에게 말했습니다.
"혹시 제가 도와드릴 일이 있을까요? 제가 힘이 된다면 힘 닿는 데까지 해보겠습니다."
그러자 승왕스님은 이렇게 말했습니다.
"정말 고맙고 고맙습니다. 제가 꼭 해야 할 일이 하나 있습니다. 제가 우리나라 저 북쪽 끝에 태국과 국경을 마주하고 있는 곳에 일정한 면적의 땅을 정부로부터 장기 불하를 받았습니다. 그리고 그 땅에 가난한 사람들을 위해 작은 마을을 만들었어요. 그 마을에는 아이들이 많지만 아이들에게 글을 가르칠 수 있는 학교가 없습니다. 만약 가능하시다면 그 마을에 초등학교 하나를 세워주실 수 있겠습니까?"

캄보디아 사찰에서 특별히 주목되는 것은 청소년들의 교육 기능을 중요시하는 전통이 있다는 것입니다. 사찰에 들어가 보면 아이들이 사찰에서 공부하고 있는 것을 심심치 않게 보게 됩니다. 이처럼 캄보디아에서의 사찰은 마을과 지역의 중심 역할을 하고 있으며, 아이들을 교육하는 기본 교육기관으로서 역할은 물론, 아픈 사람을 치료해 주는 병원의 기능과 나아가 대중의 고민을 해결해 주는 상담적 역할까지 수행하고 있었습니다. 이러한 상황이다 보니 남선생님을 만난 승왕스님이 가장 우선적으로 학교 설립을 요청한 것은 매우 당연한 일이었습니다.

첫삽

첫사랑, 첫해, 첫아이, 첫인상, 첫 등교, 첫 월급-
모든 '첫'은 설렘과 긴장을 동반한다.
새로운 무엇인가를 기획할 때 '첫'의 의미를 부여하고
크고 작은 실패를 했을 때 '첫'을 만든 노력으로
삶에게 기회를 다시 부여하기도 한다.

남선생님은 한국으로 돌아오자 고민이 깊어졌습니다. 이러한 고민을 여러 단체에, 또는 지인들에게 털어놓았습니다.

"캄보디아에 가서 캄보디아의 최고 스님을 만나고 돌아왔어요. 그런데 승왕스님이 제게 학교를 지어달라고 하는 거예요. 어떻게 하면 좋지요?"

한국에서 활동하는 국제 NGO는 국제협력단(KOICA)를 비롯해서 유니세프, 굿네이버스, 세이브 더 칠드런(Save the Children), 월드비전, 초록우산 등의 대형 NGO들과 여러 중소 규모의 NGO들이 있지만 대부분 기독교와 관련되어 있습니다. 불교와 관련된 NGO로서는 법륜스님이 지도하는 JTS(Join Together Society)와 송월주스님의 지구촌 공생회, 그리고 조계종 소속의 아름다운 동행

등 소수였습니다.

남선생님은 캄보디아에 초등학교를 세우고, 지원할 목적으로 '자비를 나르는 수레꾼'을 창립하고, 재가불자(스님이 아닌 불자) 중심으로 후원자들을 모으기 시작했습니다. 그리고 자신이 주도하는 금강경 공부방의 도반들에게 학교 짓는 도움을 요청했습니다.

"우리나라와 같이 캄보디아도 공산주의에 의해 내전이 일어나서 많은 사람들이 죽었어요. 같은 처지를 겪었던 우리도 이제는 내전 후의 여파로 궁핍을 겪고 있는 캄보디아를 도와주어야 되지 않겠어요? 특히 학교 교육이 중요하니까 학교를 하나를 지읍시다."

모든 일이 그렇듯이 학교 짓는 일은 쉽게 진척이 되지 않았습니다. 그러던 어느 날, 금강경 스터디그룹에서 같이 공부하고 있는 젊은 보살님이 남선생님을 찾아왔습니다.

"제가 남편한테 캄보디아에 학교 짓는 일을 이야기했더니 남편이 흔쾌히 그러자고 합니다."
남선생님은 뛸 듯이 기뻤습니다.
"오호, 부처님!"

이렇게 해서 5천만 원의 학교 설립자금이 뗍봉 승왕스님에게 전달되고 2008년 1월 드디어 그 첫삽을 뜨게 되었습니다. 떱봉 승왕스님도 나름대로 모금을 하여 한국 수레꾼에서 보내온 5천만 원과 합해서 뽀디봉 초등학교를 짓게 됩니다. 그러나 넘어야 할 산은 또 있었습니다. 학생들을 가르칠 교사가 필요했고, 교사들에게 줄 급여도 필요했습니다. 당시 첫 교장 선생님으로 부임한 티잉 힘(Tieng Him) 선생님은 다음과 같이 회상합니다.

"저는 따께오에서 살고 있다가 이곳으로 이주해 왔어요. 이 마을에 초등학교가 있었는데 교장직을 맡으면 학교 부지에 집을 지을 수 있게 하고 봉급을 주겠다고 했습니다. 그래서 이곳으로 왔는데 초기에는 봉급이 나오지 않았습니다. 그리고 학교에는 200여 명의 어린 학생들이 한꺼번에 몰려들었고 해마다 늘어서 지금은 600여 명의 아이들이 공부하고 있습니다."

2010년 10월에 이 학교로 첫 부임해 온 현재의 뽀디봉 초등학교의 교장 선생님인 쁘언 쏘리야(Boeung Sorya)도 그 당시를 이렇게 말합니다.

"첫해에 학교에 도착했는데 많은 분들이 저를 환영해 주셔서 고마웠습니다. 하지만 6개월이 지나도록 월급을 받지 못했어요. 반년이 지난 뒤 첫 월급을 받았는데 160,000리엘(미화 40$, 환화 약 5만 원)였습니다. 이 급여는 2013년까지 계속되었습니다."

학교는 지어졌지만 교사들의 월급을 주지 못하자 수레꾼에서는 초기부터 매달 800$씩 후원금을 송금하기 시작했습니다. 교사들의 월급도 월급이지만 무엇보다 급한 것은 학교와 마을에 마실물이 없었습니다. 화장실도 없었습니다. 학교가 생기자 마을 사람들은 학교에 아이들을 맡기고 4-5시간이나 걸려서 물을 머리에 이고 길어와 큰 물독(비앙뜩, ក្អមទឹក)에 담아놓고 침전시킨 다음 생활수로 사용했는데 물독 마련이 어려운 집은 물독을 직접 만들어야 했습니다. 그리고 우기 때에는 빗물을 물항아리에 담아놓고 물을 사용했습니다. 이런 큰 물독 4~5개만 있으면 빗물을 담아놓고 1년 동안 쓸 수 있다고 하고 지금도 캄보디아에 가면 집집마다 큰 물항아리가 있는 것을 쉽게 발견합니다. 하지만 큰 물항아리는 현재 한국 돈으로도 2만 원에 달한다고 하니 당시 현지 사람들에게는 매우 비싸 구하는 것이 보통 어려운 일이 아니었습니다.

캄보디아는 5월부터 우기에 접어들어 10월까지 하루에도 몇 차례씩 스콜성 비가 내립니다. 내려도 엄청 세차게 내려서 포장이 안 된 도로들은 이때 모두 못쓰게 됩니다. 저도 2011년에 20km를 하루 종일 달린 적(달린다는 표현보다 걷는다는 표현이 더 맞는)도 있었고 학교로 진입하는 17km의 도로를 네 시간 혹은 여섯 시간 걸려서 들어가는 일도 다반사였습니다. 이러한 현상으로 우기가 계속 될 때에는 왕래조차 할 수 없었습니다. 11월부터는 우기가 끝나고 건기에 접어 들어가는데 이때부터는 비가 거의 오지 않습니

초등학교 기공식을 향하고 있는 떼봉스님 일행들(2008)

뽀디봉 초등학교의 첫삽(2008)

2008년 학교부지의 황량한 모습

2009년의 뿌디봉 초등학교

다. 보통 30도에서 38도를 넘나드는 기후에 마실 물과 몸을 씻을 물이 없는 곳에서 산다는 것을 우리는 상상할 수 없습니다. 그렇지만 마을의 사람들과 어린이들은 그러한 환경 속에서 살고 있었습니다.

"교사 월급도, 물도 해결해야 한다? 어떻게?"

　저는 군에서 제대하고 대우그룹의 광고 및 홍보를 전담하는 기획조정실에서 카피라이터로 직장생활을 시작했습니다. 그리고 6년 동안의 카피라이터 생활을 끝내고 ㈜코래드, MAPS, ㈜거손 등에서 15년간 A.E(Account Exacutive, 광고 마케팅 기획자)로 광고를 기획하고 제작하는 광고 마케팅 기획 전문가로 살았습니다. 그러면서 프로스펙스, 마데카솔, 게보린, 영에이지, 기아자동차의 크레도스, 스포티지 등의 광고를 세상에 선보였었습니다. 그렇게 광고 기획자로서의 기능이 몸에 배어 있다 보니 뽀디봉 마을을 돕는 일에도 자연스럽게 마케팅 기획에서 첫 번째로 중요하게 여기는 현재 상황의 핵심을 파악(Fact Check)하는 일을 먼저 해야 했습니다. 그러나 캄보디아 오지 마을에 세운 학교를 지원하기 위해 무엇보다 중요한 현재 상황 파악이 오리무중 상태였습니다. 그저 어렵다는 사정만 알 뿐 무엇이 어떻게 어려운지, 그래서 무엇을 먼저 해야 하는지 알 수 있는 길이 거의 없었습니다. 현지 사정을 전혀 몰라 답답해하는 저에게 남선생님은 이렇게 말했습니다.

　"캄보디아에 장연수라는 사람이 있어요. 이분과 이야기를 좀 해봐요!"

수레꾼의 현지 이야기

> 우리는 두 개의 의자에 앉을 수 없고
> 양쪽이 뾰족한 바늘로 바느질을 할 수 없다.
> - 마티유 리카르, 《승려와 철학자》 중에서

수레꾼의 현지 이야기는 장연수님으로부터 시작됩니다. 장연수님의 법명은 원일(圓一)이었습니다. 불교에서는 남자 신도를 거사로, 여자 신도를 보살로 부릅니다. 그와의 첫 만남은 라오스를 거쳐 캄보디아 동쪽을 관통하는 메콩강과 똔레삽 호수로부터 시작되어 흘러 내려온 샵강이 만나는 프놈펜 강변에서였습니다. 그는 키가 컸으며, 착하고 순진해 보였습니다. 그는 캄보디아에서 그동안 한 일들에 대해 조용조용히 낮은 목소리로 차분하게 설명해 주었습니다. 그의 목소리는 보통의 남자보다 가늘었으며 그의 나지막한 톤은 처음 만나는 사람에게 친근함과 안정감을 주기에 충분했습니다.

"이곳 프놈펜에서 학교까지는 매우 멀어요. 길도 나쁘고 교통편도 없어서 그곳에 한 번 다녀오는 일이 매우 어렵습니다."

당시 앙코르 유적을 찾는 많은 관광객들은 보통 태국 방콕에 있는 카오산을 출발해서 캄보디아의 서북쪽 끝에 있는 국경도시 포이펫(Poipet)를 통과하여 시소폰을 거쳐 씨엠립을 향하곤 했습니다. 그렇게 하는 까닭은 프놈펜에서 씨엠립으로 가는 도로 사정이 매우 열악했기 때문에 오히려 태국을 거쳐 들어가는 것이 더 손쉬웠기 때문입니다.

"학교와 마을에는 전기가 들어오지 않기 때문에 서로 연락할 수도 없어서 직접 가야 하는데 교통편이 매우 불편해서 하루 만에 가지 못하는 경우가 대부분입니다. 게다가 치안 상태도 좋지 않고요."

크메르 루즈군의 패배로 평화가 찾아왔다고는 하지만 처참하고 참혹한 시기를 겪어야만 했던 캄보디아로서는 옛날의 평온함을 다시 찾는 것이 쉬운 일은 아니었습니다. 게다가 태국과의 영토분쟁으로 이웃 나라와의 관계도 매우 불안정할 때였기에 현지에서 장연수님이 겪어야 했던 어려움이 그대로 이해가 되었습니다.

캄보디아로 데리고 간 두 어린 아들을 키우면서도 그 어떠한 어려운 일도 마다치 않았던 원일거사는 안타깝게도 2019년 방광암으로 세상을 떠나 고인이 되었습니다. 저는 늘 생각합니다. 만일 원일거사가 없었더라면 수레꾼이 캄보디아에서 할 수 있는 일은 아무것도 없었을 것이라고. 그 정도로 그가 일군 노고와 업적은 이루 헤아릴 수 없을 정도로 많습니다. 지금부터 서술하는 수레꾼의 이야기는 이름 없던 어느 캄보디아의 북쪽 끝 척박하고 황량한 땅에 세워진 뽀디봉 마을에서 그가 깔아놓는 주춧돌 위로 송이송이 내리는 꽃비와 같은 이야기들입니다.

저는 묻고 그는 답했습니다.

"그곳에는 학생들이 얼마나 되지요?"

"600여 명 됩니다."

"선생님은요?"

"여섯 분의 교사가 있다고 하더군요."

"마을에는 몇 분이나 살고 계시나요?"

"1,800여 명 된다고 해요."

"마을 사람들은 무엇을 하고 사나요?"

"대부분 농사를 짓습니다."

"농사를 지으려면 물이 있어야 하는데 농업용수는 있나요?"

"먹을 물도 없는데 농업용수가 있을 턱이 있나요. 우기 때만 농사를 짓고 건기 때는 아무것도 못 해요. 그래서 건기 때는 태국으로 넘어가서 몇 달 동안 막일을 하고 온다고 합니다."

"태국으로 아이들도 따라가나요?"

"태국으로 부모가 몇 달 동안 일을 하러 가면 어린 아이들은 그냥 집에 남아있어야 한다고 하네요."

"그럼 밥을 어떻게 하지요?"

"굶는 아이들이 너무 많다고 해요."

"……"

어떻게 하지?

> 희망이란 본래
> 있다고도 할 수 없고
> 없다고도 할 수 없다.
> 그것은 마치
> 땅 위의
> 길과 같은 것이다.
> - 루쉰, 《희망이란》 중에서

그를 만나고 한국으로 돌아와 곰곰이 되짚어 보았습니다. 세계 최빈국 중 하나인 나라에서 그것도 도시로부터 아득히 멀고도 먼 이 작은 마을 - 농업용수도 없고, 전기도 없고, 마실 물도 없고, 식량도 거의 없는 그리고 연락할 수 있는 전화도 없는 오직 건조하고 황량한 땅만 있는 이 마을을 어떻게 지원할 것인가? 무슨 일을 시작할 때에는 꼼꼼한 팩트 체크(Fact Check)가 필수적이었지만 이 경우에 꼼꼼하다는 말은 사치에 지나지 않았습니다.

붓다께서 깨달음 이후, 첫 번째로 고행 중에 자신을 수발들었던 다섯 제자를 찾아 바라나시로 가는 길에 제일 먼저 '우빠까'라고 하는 수행자를 만나서 일어났던 일화가 있습니다. 이 이야기는 깨달음 이후의 첫 번째 가르침을 모아놓은 《아함경》의 〈초전법륜경〉에서 다음과 같이 전합니다.

바라나시 가는 길은 멀고도 험난했다. 뜨거운 날들이 이어졌다. 붓다는 한낮의 불볕더위를 피해 나무 그늘을 찾아 들어가 조용히 선정에 들었다. 마침 지나가던 한 벌거숭이 수행자가 나무 밑에 수려한 외양을 갖춘 수행자가 앉아 있는 것을 발견하고 다가왔다. 그는 우빠까(Upaka)라는 수행자였다. 그는 나무 밑에서 쉬고 있는 사람이 자기가 여태껏 보아온 다른 수행자들과 완전하게 다른 기운을 갖고 있다는 것을 직감했다. 그의 눈에 비친 낯선 수행자의 용모는 뚜렷하고 밝았으며, 맑고 깨끗한 피부와 평온하며 고요하게 가라앉은 표정, 게다가 말로 표현할 수 없는 신령한 기운까지 뿜어내고 있었다.

우빠까가 말했다.

"벗이여, 나는 우빠까라는 수행자입니다. 지나는 길에 보니, 당신의 모습은 매우 밝아 보입니다. 벗이여, 당신은 어느 분에게 출가하였습니까? 당신의 스승은 누구며 어떤 가르침을 받았습니까?"

"나는 스승이 없습니다. 나는 마음을 스스로 닦음으로써 모든 것을 있는 그대로 알았습니다. 더도 덜도 아닌 있는 그대로를 알았습니다."

"그러면 당신은 스승이 없이, 있는 것을 있는 그대로 안 깨달은 자(붓다)입니까?"

"그렇습니다. 나는 붓다(있는 것을 있는 그대로 안 자)입니다."

"그런가요? 그럴 수도 있겠군요!"

우빠까는 고개를 갸웃거리며 가던 길을 서둘러 떠났다.

제가 좋아하고 무릎을 친 대목은 바로 붓다께서 "있는 것을 있는 그대로 알았다"고 한 대목입니다. 우주의 팩트를 정확하게 알았다는 뜻입니다. 우주와 우주의 질서, 우주의 탄생, 인간과 동물, 그리고 식물 등 삶의 모든 현상 들을 더도 덜도 없이 분명하고 정확하게 알았다는 것입니다. 그것을 훗날의 사람들은 '깨달음'이라고 했습니다.

우빠까는 "그럴 수도 있겠군요." 하면서 떠나가 버리고 말았습니다. 그는 붓다와의 만남에서 매우 중요한 핵심 팩트를 알아채지 못했습니다. 저는 장연수님으로부터 들은 이야기를 토대로 뽀디봉 마을의 팩트를 다음과 같이 요약했습니다.

"물이 없다! 식량이 부족하다! 교사들은 월급이 없다!"

물

바로 얻을 수 없는 답을
당장 찾으려 하지 마라
- 라이너 마리아 릴케

장연수님에게 물었습니다.

"그곳에는 얼마나 자주 갈 수 있고 가실 때는 어떻게 가시나요?
"프놈펜에서 약 500km 되는데 길이 좋지 않아서 중간에 자고
가야 해요. 현지에서 한 2-3일 머물러도 1주일은 걸리는 것이라
자주 갈 수도 없어요."

마을의 위치, 마을의 인구, 마을 사람들의 생계 유지 방법, 아
이들의 숫자, 식수난의 상황, 교사들의 급여 등등의 대강의 팩트
는 파악되었지만 한 번도 가보지 못한 곳을 머릿속으로만 헤아려
이해했다고 말하는 것은 어불성설에 지나지 않았습니다. 저는 우
선 시급히 해결해야 하는 것들의 순서를 나름대로 정리해 보았습
니다.

1부 _ 2008년 씨앗을 심다   051

"첫 번째가 교사들의 월급, 두 번째가 물, 세 번째가 마을 사람들의 생계유지."

이 가운데 당장 교사들의 급여를 위해 월 800$을 보내기로 결정하고 매달 송금하기 시작했습니다. 당시 교사들의 월급이 불과 160,000리엘(미화 40$)이었으니 가능한 일이었습니다. 그다음이 식수난의 해결이었고 그 또한 매우 급하고 급한 일이었습니다. 열대의 나라에서 마실 물도, 몸을 씻을 물도 없다는 것은 그야말로 큰일이었습니다. 그렇지만 물을 어떻게? 당시 수레꾼은 500만 원을 넘나들면서 간신히 턱걸이를 하는 매우 적은 액수의 통장만 갖고 있었습니다. 교사들의 급여를 보내는 것만으로도 힘에 부치니 물 문제를 해결할 방법은 거의 없었습니다. 사람들은 사무국장을 자처하고 나선 나에게 저마다 말했습니다.

"어떻게 좀 해봐요!"

어떻게 좀 해보라는 것은 후원할 수 있는 기관이나 회사를 찾아가 보라는 뜻이었습니다. NGO 기관이나 대기업을 찾아가서 수레꾼을 후원해 달라고 부탁을 해보라는 것입니다. 생각 끝에 처음 찾아간 곳이 한국국제협력단이었습니다. 영어로는 코이카(KOIKA)라고 부릅니다. 코이카는 아프리카, 중남미, 중동 및 중앙아시아, 동남아시아 등 세계 48개국에 사무소를 설치하고 개발도상국의 빈곤 감소 및 삶의 질 향상 그리고 여성, 아동, 장애인, 청소년의 인권 향상 등을 위해 국제사회의 평화와 번영에 기여하고 있는 우리나라에서 가장 큰 국제 구호 단체로써 외교부 산하의 준정부기관입니다. 그곳을 찾아갔습니다.

"어떻게 오셨나요?"

"네, 저희는 캄보디아에 초등학교를 지은 '자비를 나르는 수레꾼'이라고 합니다. 이 학교와 마을에는 마실 물이 없어서 우물을 파서 가증하려는데 후원을 받고 싶어서 왔습니다."

코이카의 담당 과장과 직원은 친절했습니다. 그들은 우리들의 이야기를 모두 듣더니 나에게 이렇게 물었습니다.

"우물의 성분은 조사해 보셨나요?"

생각지도 못한 질문에 나는 적이 당황했습니다. 앙코르 유적을 둘러보기 위해 이 지방, 저 지방을 다니면서 늘 생수를 사 들고 다녔던 저였습니다. 현지 사람들이 어떤 물을 마시고 있는지에 대해서는 관심이 없던 저였습니다. 캄보디아의 물은 비소 또는 석회가 많아서 식수로는 적절치 않다는 신문 보도를 얼핏 본 적이 있었지만, 캄보디아의 물에 대한 지식과 자료는 전혀 없었습니다.

"우물을 파려면 수질검사부터 하셔야 합니다. 수질검사를 하셔서 식수에 적합하다는 판정을 받고 그 자료를 갖고 오시면 그때 다시 논의하도록 하시죠."

그 과장은 그렇게 상냥스럽게 거절하고 난 다음 저에게 한마디 덧붙였습니다.

"개발도상국이나 빈민국 사람들을 후원하시려면 공부를 많이 하셔야 해요."

잘 정돈된 정원과 너른 잔디 사이에 자리 잡은 우람한 코이카 청사를 뒤로하고 나오면서 과장이 내게 던진 마지막 말이 저를 몹시 부끄럽게 했습니다. 20여 년 동안 광고 마케팅 기획자로 일하면서 숱한 조사와 자료를 바탕으로 대기업의 광고 프레젠테이션을 주도했던 저로서는 우물 기증 후원을 받으려면 당연히 물 공부부터 해야 했습니다. 캄보디아 물에 대한 기초 자료도 없이 무턱대고 후원을 받으러 코이카를 찾아간 것은 큰 실수였습니다.

"맞아! 물 문제를 해결하려면 물 공부부터 해야 했어."

저는 코이카를 다녀와서 이메일로 장연수님에게 다녀온 이야기를 전했습니다. 캄보디아 수질에 관해서 질문을 했지만 장연수님의 답변은 뜻밖이었습니다.

"이곳에서는 수질검사를 맡길 곳이 없어요. 그리고 그곳에서 물을 떠서 프놈펜까지 갖고 온다고 하더라도 오는 동안에 수질이 변질되어서 조사는 하나 마나일 겁니다."

　나중에 우물에 대해 좀 더 공부하다가 알게 된 일이었지만 당시 세계 최빈국 중의 하나였던 캄보디아에 제대로 된 수질검사 시스템을 갖출 여력이 있을 리 만무했고 지금도 마찬가지입니다. 캄보디아 전 지역에 걸쳐 현지인들이 평상시 사용 가능한 물은 우기 때 내리는 빗물이었고 건기 때는 강이나 연못 등에서 물을 퍼와서 큰 항아리에 담아놓고 침전시켜 사용하는 물이 전부였습니다. 우물이 있다고 하더라도 깊은 곳에서 나오는 물이 아니라 낮은 곳으로 흘러들어온 물을 모아놓고 쓰는 개울물이나 지표수가 고작이었습니다. 그 물은 식수로 적합한 암반수가 아니라 그냥 지표수였기 때문에 수질 조사를 한다고 하더라도 식수 적합 판정을 받기란 불가능이었습니다.

　또한 캄보디아에서 산속 깊은 곳이 아니라면 맑은 물을 찾기란 대단히 어렵습니다. 비록 산속 깊은 곳에서 흘러나온 물이라 하더라도 산을 벗어나 캄보디아 땅을 만나면 금세 황토색으로 변해버리고 맙니다. 게다가 앞서도 말씀드렸지만, 캄보디아는 산이 거의 없는 평야의 나라입니다. 도도히 흐르는 메콩강조차도 상류로부터 침식된 황토색의 누런 퇴적물을 베트남 남부 삼각지대에서 남중국해 바다를 만날 때까지 끌고 가기 때문에 한 뼘의 물속도 들여다볼 수 없이 매우 탁한 채 흘러갑니다. 그냥 딱 봐도 마셔서는 안 될 것 같은 흙탕물이 대부분입니다. 캄보디아 사람들은 이렇게 취수된 물을 마시고 목욕하고 음식을 만들고 살아왔습니다. 혼탁한 물은 사람들의 건강에도 몹시 해로우리라는 것은 두말할 필요도 없이 자명합니다.

"그러면 어쩐다?"

수질검사가 제 머리를 떠나지 않고 생각의 발목을 단단히 잡고 있었지만, 수질검사를 제대로 받을 수 없다면 앞으로도 코이카를 찾아가나 마나 거절당할 것이 분명했고, 그 어떤 대기업을 찾아가도 대답은 같을 것이었습니다.

그때 저는 인도의 4대 힌두 성지 가운데 하나인 바라나시(Varanasi)를 두 번 갔었던 기억이 떠올랐습니다. 바라나시 시(City)에서 북동쪽으로 13km 떨어진 곳에는 붓다께서 다섯 제자에게 깨달음 이후에 첫 번째로 설법하신 곳인 사르나트(Sarnath, 녹야원)가 있어 한국의 불자들에게는 매우 잘 알려진 곳입니다. 더구나 바라나시는 힌두교의 성지인 만큼 다른 곳에서 죽은 사람들은 물론, 살아있는 사람도 이곳에서 죽기 위해 오는 인도 사람들이 상상할 수 없을 정도로 많습니다. 이 도시를 흐르는 갠지스강 강가에는 가트라고 부르는 계단 옆에 화장터가 수십 개가 쭉 늘어서 있습니다. 이곳의 강물로 몸을 닦는 사람, 기도하는 사람, 빨래하는 사람, 관광객, 그리고 그 관광객을 대상으로 장사하는 사람 등으로 늘 인산인

해이며, 말 그대로 시체가 가끔 떠내려오기도 하는 곳입니다. 인도 사람들은 이 물을 성스러운 물로 인식해서 상처를 치료하거나 아플 때 마시기도 합니다. 우리가 보기에는 너무나 더러운 갠지스 강물을 인도 사람들은 대대로 먹고 마시고 목욕하고 잘 살아갑니다.

"그렇다면? 캄보디아 사람들도 마찬가지일 거야. 수질검사는 받을 수도 없고 받을 필요도 없어. 그 나라 사람들은 조상 대대로 그 물을 먹고 살아온 것이야. 우리는 내성이 없어 그 물을 마시면 병이 날 테지만 말이야!"

생각이 여기에 미치자 나는 그동안 수질검사라는 장벽을 넘지 못하고 고민하고 있던 생각에서 '판'을 뒤집기로 했습니다.

"기관의 후원을 받는 것을 포기하자!"

이렇게 결정하고 난 이후 서둘러서 2011년 1월 17일 정식으로 서울시 국제교류 분야의 비영리민간단체로 등록을 마치고, 순박한 친목모임에서 벗어나 본격적인 NGO로서의 모습을 갖추어나가기 시작했습니다. '자비를 나르는 수레꾼'의 이름으로 서울시에 등록하기까지 서울시 담당관을 비롯해 수레꾼 내부의 어이없는 이름 변경 주장 등으로 참으로 가슴 아픈 우여곡절이 많았습니다만 구구절절한 그 사연은 생략하기로 하겠습니다.

우물

깊은 우물 속에 고인 물이
맑은 하늘을 비추고 있네.
그러나 그 물은
늘 깊은 곳에 있고
쉽게 얻을 수 없는 것이네.

인간 생존에 필수적인 요소 가운데 하나가 물인 것은 강조할 필요도 없는 너무나 당연한 이야기입니다. 물 없이는 생존이 불가능합니다. 물은 농업, 식량 생산, 위생 시설 등의 생존 활동에 필수적일 뿐만 아니라 인간으로서 누려야 할 기본적인 인권이기도 합니다. 장연수님한테 전해 듣기로는 초등학교에 우물 하나를 이미 파서 기증한 상태라고 했습니다. 거의 600명에 가까운 어린이들이 등교하고 있는 초등학교에 고작 우물 하나, 게다가 마을에는 그러한 우물조차 없다고 합니다.

"그렇다면 우물이 없는 마을 사람들은 물을 어떻게 구하고 있지요?"

"마을에서 네 시간이나 다섯 시간쯤 걸어가면 크지 않은 물웅덩이가 있다고 합니다. 거기에서 물을 길어 머리에 이고 온다고 해

2010년 매우 비싼 큰 물독

2011년 우물을 파는 모습

요. 그리고 커다란 물독에 물을 담아놓고 사용하고 있습니다.”

　“네 시간이나 다섯 시간을 걸어서? 그 뜨거운 열대의 나라에서?”

　캄보디아의 건기는 11월부터 시작해서 그 이듬해 5월까지입니다. 그나마 이때는 평균 기온이 섭씨 25도에서 33도여서 우리나라의 가을에 해당하는 계절이라 비교적 선선합니다. 그러나 비가 오지 않는 건기 동안에는 바람이 조금만 불어도 먼지가 풀풀 날리는 척박한 황무지 땅이 뽀디봉 마을이었습니다. 그곳에서 물을 네 시간이나 다섯 시간을 걸어서 길어와야 한다면 그 고통과 피로감을 어찌 말로 할 수 있겠습니까? 사람의 힘으로 물을 길어오는 양은 고작해야 물 두 양동이에 지나지 않을 것입니다. 마을 사람들은 물을 길어오는데 꽤 많은 시간을 써야 했습니다. 수질검사는 애당초 가능한 일이 아니었고, 그러기에 큰 규모의 NGO의 후원을 기대하는 것도 가능한 일이 아니었습니다. 남의 후원을 바라볼 시간에 우리 스스로의 힘으로 모금을 하여 우물을 서둘러 파는 것이 더 빨랐습니다.

"우물 하나를 파는 데 비용이 얼마나 드는지 알아봐 주세요."

"우물 하나당 800$였습니다."

"우물 하나 파는 데 비용이 많이 드는군요. 왜 이렇게 많이 들지요?"

"워낙 외져서 자동차가 들어오지 않아서 그래요. 우물에 들어가는 시멘트 통을 실어와야 하는데 그곳까지 운임비가 매우 비싸군요."

그랬습니다. 뽀디봉 마을로 들어가는 도로는 비포장도로이기에 우기를 거치고 나면 도로가 엉망이 되어서 17km를 네 시간이나

2010년 큰 삐앙뜩 옆에 서 있는 어린이

다섯 시간이 걸리는 일도 다반사였으니 이해가 되었습니다.

수레꾼 사람들은 여기저기에 뽀디봉 초등학교를 지원하고 이 마을 사람들의 식수난을 해결하자고 호소하고 다니기 시작했습니다. 반년을 넘게 호소한 결과 우물 여섯 개를 팔 수 있는 돈이 마련되어 드디어 2011년 6월 6,300$의 성금을 모아 장연수님에게 보내며 다음과 같이 말했습니다.

"우물을 파실 때에 한 우물을 사용할 수 있는 가구가 꼭 10가구가 되도록 해주세요."

식수난을 겪고 있는 빈민국 사람들을 위해 우물을 파서 기증하는 큰 규모의 단체 실적을 찬찬히 살펴보니 한 지역에 한두 개씩 파서 실적을 늘리는 데 집중하는 것을 보고 이렇게 하면 마을에 우물을 파는 것이 큰 의미가 없다고 생각했습니다. 마을에 거주하고 있는 인구가 1,800여 명에 이른다고 하는데 고작 우물 한두 개를 파고 만다면 나머지 사람들에게는 혜택이 조금도 돌아가지 않을 것이 뻔했습니다. 마을의 총인구를 4인 가구로 가정하고 가구의 수를 계산하면 대략 400가구 정도가 됩니다. 10가구에 한 개씩의 우물 혜택이 돌아가게 하려면 약 40개의 우물을 파야 했습니다.

"40개의 우물!"

당시 수레꾼의 재정으로는 말도 안 되는 목표였지만 시작이 반이었습니다.

"이제 6개를 팠으니, 앞으로 34개만 더 파면 되겠지!"

이렇게 해서 드디어 수레꾼 우물 파기의 대장정이 시작되었습니다.

2012년

시작이 반

높은 산도 낮은 땅을
기초로 하고
커다란 강물도 가느다란
물줄기로 시작된다.
- 혜청선사 치문

2010년 6월부터 '잘(well)' 시작된 수레꾼의 우물 파기 캠페인은 순조롭게 착착 진행되어, 그해 10월이 되자 또다시 다섯 개의 우물을 팔 수 있는 후원금을 모아 보낼 수 있었습니다. 메일을 통해 장연수님으로부터 보내온 사진 속에는 새로 만든 우물 옆에서 시원하게 등 목욕을 하는 청년들, 옷을 입은 채 양동이에 물을 담아 머리부터 뒤집어쓰면서 환하게 웃고 있는 마을 아저씨들, 우물가에서 즐겁게 빨래하는 아낙네들, 두레박으로 물을 떠서 마시고 있는 해맑은 아이들의 얼굴들이 담겨 있었습니다. 그 모습을 바라보는 일은 참으로 기쁘고 기쁜 일이었습니다.

늘 30도를 웃도는 열대의 나라에서 식수를 길어오기 위해 멀고 먼 길을 걸어서 지고 이고 다녀야 했던 마을 사람들이 집 근처에서 손쉽게 물을 구할 수 있게 된 일은 마치 어둠 속에서 길을 찾지 못하는 사람들이 등불을 발견하는 것과 같았을 것입니다. 그리고 이 우물들이 그동안 극심한 물 부족으로 어려움을 겪던 마을 사람들에게 삶의 질을 크게 높이는 변화를 불러올 것이 분명했습니다. 하지만 마을에는 1,800명의 사람들이 살고 있었습니다. 우리가 판 우물은 고작 10개에 지나지 않으니 마을 사람들의 목마름을 해결하려면 멀고도 먼 길을 가야 했습니다.

수레꾼이 우물을 적극적으로 파기 시작한 그해 가을, 저는 2009년, 2010년 두 번에 걸쳐 유적탐사를 시도했으나 캄보디아와 태국과의 국경 분쟁으로 인한 총격전 때문에 불발된 '쁘레아 위히어' 사원을 재차 탐방하기로 다시 계획을 세웠습니다. 사무국장으로 당연히 캄보디아로 출장을 와서 일을 수행해야 했으나 당시 수레꾼의 재정 상태로 저의 여행 경비를 지불할 형편이 아니었기에 그동안 국경 분쟁으로 가보지 못한 쁘레아 위히어 사원의 여행을 겸해서 장연수님과 학교를 방문할 계획을 세웠습니다. 장연수님에게 이메일을 통해 이 사실을 알렸습니다.

"저는 이번에 아내와 함께 쁘레아 위히어 사원을 가려고 합니다."
"쁘레아 위히어 사원에 가시겠다구요? 그렇다면 뽀디봉 마을도 들려보시는 것이 어떻겠어요?"
"당연하지요. 그럴 계획입니다. 쁘레아 위히어 사원과 뽀디봉 마을이 가깝나요?"
"아주 가까운 곳은 아니지만, 쁘레아 위히어 사원에서 멀지 않은 곳에 북쪽으로 쫓겨간 크메르 루즈가 마지막까지 저항하던 폴 폿 사령부가 근처 소도시인 알롱뱅에 있고 그곳에서 뽀디봉 마을 까지는 약 70km 정도 떨어져 있습니다. 그리고 프놈펜으로 오실 수 있다면 승왕스님도 뵙고 가는 것이 어떠할까요?”

“아! 좋아요. 학교가 너무 먼 곳에 있다고 해서 가볼 수 있나 했는데 꼭 학교에 가보고 싶습니다.”

이렇게 해서 씨엠립이 아닌 프놈펜으로 여행 일정을 변경하고 캄보디아 불교의 총 본산인 왓 우날룸(Wat Ounalom) 사원에 주석하고 계신 승왕스님도 직접 만났습니다. 그리고 이때 승왕스님의 영어 통역 보좌 스님인 ‘은 쌈앗’(Ouen SamArt)스님도 만났습니다. 이 스님은 캄보디아 최대 불교 종단인 마하니까야 종파의 모든 국제 관계와 관련된 일을 하고 있었으며, 34살이라는 젊은 나이였음에도 불구하고 제가 가야 할 곳인 쁘레아 위히어 사원이 있는 쁘레아 위히어 주에서 중요한 역할을 하고 있던 스님이었습니다. 이 스님은 특히 낙후된 캄보디아의 어린이와 청소년들의 교육에 관한 지원에 관심이 많아서 수레꾼이 학교를 짓고 우물을 파는 일에 대해 특별한 관심을 갖고 있었으며, 이때 맺은 수레꾼과의 인연은 지금까지도 돈독하게 이어져 오고 있습니다.

또, 장연수님 옆에 캄보디아의 젊은 청년이 있었는데 그의 이름은 키 쏙나오(Key Soknao)였습니다. 그 당시 그는 31살의 나이로 영어 통역과 더불어 장연수님의 가이드를 맡고 있었습니다.

"제가 프놈펜에서 마저 끝내야 하는 일이 갑자기 생겨서 거사님과 동행하지 못하게 되었습니다. 그렇지만 며칠 뒤에 쌈앗스님과 쁘레아 위히어 주에 가서 그곳에서부터 함께 동행하겠습니다. 그곳까지는 쏙나오가 잘 안내해 드릴 것입니다."

그에게 소개를 받은 쏙나오는 영어는 잘하지만, 한국어는 할 줄 몰랐습니다. 안타깝게도 저는 영어를 그리 잘하지 못해서 간신히 그와 소통할 정도였습니다. 그는 친절하고 배려심 넘치는 태도로 첫 번째 만남에도 어색하지 않고 매우 편안함을 주는 젊은이였습니다. 그는 말했습니다.

"쁘레아 위히어 사원까지는 매우 먼 길이고 길이 좋지 않습니다. 그리고 하루만에 갈 수 없는 험한 길입니다. 그렇지만 걱정하지 마세요. 제가 잘 안내를 해 드리겠습니다."

프놈펜에서 쁘레아 위히어 사원까지의 거리는 대략 600km에 달하는 비포장 길이었습니다. 현지에서 보통 택시라고 부르는 마이크로 승합차(15인승 쌍용차 이스타나)를 커다란 짐들과 승객들이 섞인 채 다닥다닥 붙어서 6시간이나 걸려 '껌퐁 톰'까지 간 다음 그곳에서 일본산 중고 소형 택시로 바꿔 탔습니다. 놀랍게도 이 녹슨 고물 택시 뒷좌석에 네 명, 운전석이 있는 앞자리에도 네 명, 모두 8명이 합승했습니다. 도무지 불가능해 보이는 운전석 앞자리에도 네 명이 탈 수 있다니, 그것이 가능한 나라였습니다. 자동차 뒤 트렁크에도 실려지지 않은 짐들을 가슴에 부둥켜안고 비포장 길을 덜컹거리며 달리는 택시 안에서 서로 모르는 사람끼리 웃고 떠들며 수다를 떨면서 가는 캄보디아의 시골 풍경이 애틋하기도 했지만 정겹기도 했습니다. 특히 저와 저의 아내를 안내해 주는 쏙 나오는 택시 안에 탄 승객들을 모두 웃기며 갈 정도의 수준급 수다쟁이였습니다. 기사 포함 여덟 명이 타고 또다시 4시간이나 털털거리는 비포장도로의 시골길을 웃으며 달려가는 동안, 차창 밖 곳곳에서 펼쳐지는 뽀얗게 길먼지를 뒤집어쓴 캄보디아의 시골이 저의 옛 시골인 영통의 모습과 겹쳐지면서 만감이 교차되었습니다.

아픈 역사 속으로

바람 불지 않는 인생은 없다.
바람이 불어야 나무는 쓰러지지 않으려고
더 깊이 뿌리를 내린다.
바람이 나무를 흔드는 이유다.
- 이철환, 《아픔도 슬픔도 길이 된다》 중에서

쁘레아 위히어 사원을 가려면 알롱벵(Anlong Veng)을 거쳐서 가야 합니다. 알롱벵은 캄보디아의 북부에 위치한 작은 마을로 크메르 루즈의 마지막 거점이자 폴 포트가 마지막으로 활동했던 중요한 지역 중 하나였습니다.

알롱벵은 폴 포트와 크메르 루즈 잔당들이 1990년대 후반까지 은신했던 지역입니다. 이곳은 지리적으로 태국과의 국경 근처에 위치해 있어 외부 지원을 받기 용이했고, 험난한 지형 때문에 은신처로서의 이점이 있었기 때문에 마지막까지 저항했던 곳이었습니다. 1997년, 폴 포트는 크메르 루즈 내부에서 권력 투쟁 중에 실각하게 되었고, 자신의 동료들에게 체포되어 가택 연금 상태에 놓였다가 1998년 4월 15일에 이곳 알롱벵에서 사망하였으며, 심장마비로 자연사했다고 알려져 있습니다.

폴 포트가 사망한 후, 그의 시신은 특별한 절차 없이 간단하게 화장되었습니다. 폴 포트의 화장은 그의 가족과 몇몇 측근들이 참여한 가운데 알롱벵 근처의 나지막한 언덕에서 이루어졌다고 합니다. 저는 그가 묻힌 최후의 무덤을 보고 싶었습니다. 무덤으로 가는 길은 정말 더럽고 지저분했습니다. 여기저기 쓰레기들이 잔뜩 버려진 길을 따라 걸어가다 보니 쓰다가 버린 막대기 같은 표지가 그의 무덤을 가리키고 있었습니다. 폴 포트의 무덤 앞에서 연꽃이 흐드러지게 피어 있는 호수와 아름다운 석양 그리고 쓰레기들이 어우러진 풍경을 바라보니, 모든 것은 덧없이 흘러가며 스러져 가는 노을처럼 찰나에 피었다 사라지는 것임을 새삼 깨닫지 않을 수 없었습니다.

알롱벵에서 쁘레아 위히어 사원을 가려면 쓰라엠(ស្រអែម, Sra Em)을 거쳐 앙크롱(អន្គ្រង)에 있는 티켓 판매소에서 하루 입장료 10$(1인)을 내고 경사가 매우 심한 절벽 꼭대기까지 걸어 올라가야 합니다. 저와 아내 그리고 다시 만난 장연수님과 쌈앗스님과 함께 드디어 세 번째 시도만에 쁘레아 위히어 사원에 오르게 되었습니다.

이 사원은 앙코르 제국 시대에 현재의 캄보디아와 태국 사이에 국경을 이루고 있는 땅렉산맥 중앙쯤에 위치한 '포이 타디'(Poy Tadi, 해발 535m)산의 한쪽 절벽 끝에 세워진 힌두교 사원입니다. 이 사원에서 내려다보이는 캄보디아의 대평원 그리고 또 다른 한

쪽의 태국 대평원이 그야말로 장관으로 펼쳐져 경치가 절경인 사원입니다. 이 사원은 태국 쪽에서 올라가려면 162 계단으로 이어진 급한 경사로를 어렵게 올라가야 하지만 캄보디아 쪽에서 사원으로 올라가려면 자동차로 일정 부분 올라간 다음에 한 30여 분 걸어 올라가게 되어 있습니다. 우리는 올라가는 도중에 패잔병 같은 군복을 입은 어른들 옆에서 헐벗은 아이들이 뛰어놀고 있는 것을 보았습니다. 저는 쏙나오에게 물었습니다.

"저기 보이는 남자들은 뭐지?"
"군인들이에요."
"군인? 군복 같기는 한데 옷이 다 떨어지고 군화도 없고 총도 없는데?"
"군인들인데 월급을 주지 못해서 가족들하고 이곳에서 작은 텃밭 농사를 지으면서 살고 있는 거예요."

나는 정말 놀랐습니다. 한 나라의 군인들의 모습, 게다가 태국과 영토 분쟁을 겪고 있는 이 지역의 군인들이 부대가 아닌 천막에서 가족과 생활하면서 국토를 지키고 있어야 한다니 말입니다.

드디어 학교로

같은 시대를 살고 있지만
한 사람은 21세기의 머리에 살고 있고
한 사람은 19세기의 꼬리에 살고 있다.

크메르 루즈군이 마지막까지 저항의 끈을 놓지 않았던 그 악명 높던 폴 포트가 숨을 거둔 알롱벵에서 썸라옹까지는 70km, 썸라옹에서 수레꾼이 세운 뽀디봉 초등학교까지는 고작 17km였습니다. 우리 일행은 커다란 멍스나오 호수가 중심에 자리한 썸라옹에 도착해서 하루를 묵은 다음날, 아침 일찍 일어나 학교까지 가는 비포장도로에 들어섰습니다. 좌우에는 황량한 들판이 끝없이 이어지고, 가끔씩 불을 지르는 화전민과 만나면서 움푹움푹 패인 도로를 간신히 뚫고 17km의 짧은 거리를 기어가듯 달려서 드디어 학교에 도착했습니다. 2011년 11월 11일이었습니다.

"이 짧은 거리를 2시간이라니!"

그동안 캄보디아의 수많은 유적지를 돌아다니며 험한 길을 익

2011년 학교 가는 길

2011년 뽀디봉 초등학교

2012년 학생들의 모습

숙하게 지나왔지만, 학교로 향하는 길에서 마주한 누런 황토빛 비포장도로는 다시금 마음을 무겁게 했습니다. 작은 웅덩이들은 덜컹거리면서도 조심스럽게 지나갈 수 있었지만, 큰 웅덩이들은 만날 때마다 모두 내려서 차 밑바닥이 땅과 닿을지 말지를 가슴 졸이며 바라보아야 했습니다. 눈앞에 펼쳐진 제멋대로 움푹 패인 큰 웅덩이들은 앞으로 우리가 뛰어넘어야 할 장벽과도 같았습니다.

학교는 태국과 국경을 이루는 땅렉산맥의 산줄기를 배경으로, 열대의 뭉게구름이 광대하게 펼쳐진 장관 아래 아담하게 자리 잡고 있었습니다. 하지만 마중 나온 아이들의 하얀 교복은 먼지에 찌들어 새까맣게 변해있고, 손은 거칠었으며, 여학생들조차도 머리카락은 손을 대기도 힘들 만큼 엉켜 있는 모습들이었습니다. 오직 눈만 똘망똘망 했습니다. 어린 학생들의 맑은 눈빛들이 오히려 제 가슴을 더욱 답답하게 쪼여왔습니다. 전교생에게 나누어줄 학용품을 들고 교무실에 내려놓을 자리를 보니 이곳이 교무실인지, 쓰레기매립장인지, 공사판 현장인지 모를 정도로 엉망이었습니다. 먼지가 뽀얗게 내려앉은 교무실을 바라보면서 저는 탄식하지 않을 수 없었습니다.

장연수님으로부터 들었던 이야기를 실제 현장에서 보게 되니 이야기를 들었을 때보다 훨씬 더 열악했으며 충격 그 자체였습니다. 최소한의 교육 환경조차 갖추지 못하고 있는 상황을 보고 있으려니 그저 막막할 뿐이었습니다. 끝이 보이지 않는 가파른 산을 오

르는 심정이었으며, 사납게 불어오는 바람을 헤치며 파도 속을 저
어나가야 하는 작은 조각배를 탄 딱 그런 기분이었습니다.

학생들에게는 교과서가 없었습니다.

"교과서가 없다? 그럼 공책은?"

메마른 마을

만약 어떤 사람이
어느 항구로 가야 하는지 모른다면
그 어떤 바람도 도움이 되지 않는다.
- 세네카

캄보디아의 2022년 1인당 국민소득은 2,344$(Global Database 기준)에 이르렀지만, 10년 전인 2011년에는 고작 911$에 불과했습니다. 그러나 뽀디봉 마을 사람들은 평균 소득에도 훨씬 못 미치는 상상하기 어려울 정도로 빈곤했습니다. 세계 최저 빈곤국에 속한 캄보디아에서도 이 마을은 가장 낙후된 지역 가운데 하나였습니다. 사방을 둘러보면 들판이 끝 모르게 펼쳐져 있었으나, 아이러니하게도 그 들판에서 농사를 짓는 모습은 참으로 힘겨워 보였습니다. 연중 30도를 웃도는 열대의 기후는 당연히 2모작, 3모작도 가능해야 했지만, 담수시설이 없는 마을 사람들은 겨우겨우 1모작만을 해내고 있었습니다.

당시 통계에 의하면 캄보디아 전역의 아동 가운데 76%가 영양실조에 시달리고 있었으니 뽀디봉 초등학교의 학생들도 그와 다르지 않았습니다. 하루 한 끼 내지 두 끼를 간신히 해결하는 처지

였습니다. 마을로 이주해 와서 경작할 수 있는 땅을 임대받았지만 정작 물을 공급할 수 있는 시설이 없어 정상적인 농사는 불가능에 가까웠습니다. 마실 물조차 없었으므로 서너 시간씩 걸어서 물이 있는 웅덩이에서 물을 길어와야만 했습니다. 그 물은 항아리에 담겨 건더기만 가라앉힌 뒤 몸을 씻고, 마시는 데 사용되었습니다. 항아리에는 짐승의 털과 배설물이 둥둥 떠다니고, 벌레들은 그 위를 날아다니고 있었습니다. 눈앞에 펼쳐진 이 광경은 마치 현실의 일이 아닌, 꿈속에서나 볼 법한 장면이었습니다. 모든 것이 비현실적으로 느껴질 만큼, 그들의 삶은 우리와는 다른 세계에 있었습니다.

2011년의 학생들

　원래 이 나라는 결코 물이 부족한 곳이 아닙니다. 연평균 강수량은 1,500mm 이상으로, 한국의 강수량보다 많습니다. 게다가 메콩강이 이 나라를 관통하고 있습니다. 옛 앙코르 제국이 번성했던 까닭은 단순히 강력한 군사력 덕분이 아니었습니다. 앙코르 제국의 진정한 힘은 물을 다스리는 지혜에 있었습니다. 앙코르의 왕들은 사원을 지을 때마다 그 주위에 물길을 끌어들였고, 도시를 세울 때마다 당시로써는 상상조차 할 수 없는 거대한 저수지를 조성했습니다.

　"물이 곧 생명이다"라는 슬로건 아래 앙코르 제국의 왕들은 반드시 도시 안에 저수지들을 만들었습니다. 물은 열대의 메마르기 쉬운 대지를 시원하게 적셔주었고, 사계절 언제나 곡식을 풍부하게 열리게 하여 백성들의 배를 불렸으며, 이것이 곧 부강한 국력의 원천이 되었습니다. 앙코르 제국은 "강을 다스리는 자가 나라를 다스린다"는 고대의 지혜를 실현하며 얻은, 물을 다루는 탁월한 기술 덕분에 찬란한 번영을 누릴 수 있었습니다. 그러나 근대화를 겪으면서 캄보디아의 국력은 쇠퇴하였고, 오랫동안 프랑스의 식민지로 그리고 폴 포트의 극악무도한 학살 과정을 지나오면서 풍부한 물을 모을 수 있는 시설이 모두 파괴되거나 쓸모없게 되어버렸습니다.

"물만 있다면…."

이 짧은 말이 이 마을의 행복한 삶을 설명하는 데 충분했습니다. 마을의 어린 학생들은 물 부족의 결과를 고스란히 몸으로 드러냈습니다. 그때 처음 본 아이들의 얼굴은 해맑은 웃음조차 느끼지 못할 만큼 꾀죄죄하고 땟국물이 덕지덕지한 얼굴이었습니다. 그랬습니다. 얼굴, 손, 머리카락 어느 하나 깨끗한 곳이 없었습니다. 그리고 이는 단지 아이들만의 문제가 아니었습니다. 마을의 어른들도, 심지어는 아이들을 가르치는 선생님조차도 이러한 상황에서 벗어나지 못했습니다.

"교과서도 없고 공책도 없는 학생들! 마을 사람들의 빈곤! 그리고 물!"

해야 할 일이 차고도 넘쳤습니다.

2012년

2부

수레가 지나간 곳이
길이 된다

마음을 씻고
비워내고
길 하나 만들면서 가라

장학생

둥지 잃은 새 한 마리
둥지로 다시 넣어줄 수 있다면
내 삶은 결코 헛되지 않으리.
- 에밀리 디킨슨, 《타는 가슴》 중에서

한국으로 돌아와 더 많은 우물을 파기 위하여 동분서주하고 있을 때 프놈펜으로부터 전화가 왔습니다.

"거사님! 혹시 장학사업도 하실 생각이 있으시나요?"

장학사업이라는 말에는 이미 익숙했던 터였지만 식수난 해결이 몹시 급한 상황에서 대학생 장학사업은 너무 멀리 간 느낌이었습니다. 저는 다소 당혹스러워하면서 그에게 이렇게 되물었습니다.

"네? 장학사업이요?"

그는 조심스러워하면서 매우 차분한 톤으로 말을 이어갔습니다.

"빈곤 가정의 대학생들에 관한 것입니다. 캄보디아의 시골 출신으로 프놈펜에 있는 대학으로 진학한 학생들을 돕고 싶어요."

"아! 캄보디아 대학생이요!"

처음 뽀디봉 마을을 방문해서 바라본, 그리고 바로 눈앞에서 펼쳐져 있는 막막한 삶의 현장은 절망 그 자체였으므로 우물 파는 일 이외에 다른 방법이 떠오르지 않던 때였습니다. 그런데 때아닌 프놈펜으로 진학한 대학생 장학사업이라니…. 그렇긴 하지만 뜬금없이 보였던 그의 질문은 수레꾼이 앞으로 나아갈 새로운 영역의 길을 제시해 주는 듯했습니다. 마치 어두운 구름 속에서 밝은 햇살이 살며시 비집고 나오듯 아이들과 청년들을 돕는 또 다른 방법이 열리는 순간이었습니다. 아시아의 빈곤한 가정의 아이들을 교육시키겠다는 목표 아래 설립된 수레꾼에게는 꼭 가야 하는 길이기도 했습니다.

나는 다시 그에게 물었습니다.

"캄보디아 대학생의 등록금이 얼마인가요?"

"1년에 대략 300$ 정도 합니다."

2011년 당시의 환율이 미화 1$당 1,100원이었으니 300$이면 35만 원 정도에 지나지 않았습니다.

"아, 그 정도의 등록금이라면 가능하겠습니다. 하지만 지금의 제 상황으로는 다섯 명밖에 못하겠어요. 더 이상의 학생은 자신이 없어요."

대학 등록금을 넉넉하게 1인당 40만 원이라고 셈하고 다섯 명이면 1년에 200만 원만 모으면 되는 일이었기에 자신감이 생길 만했습니다.

"좋습니다. 우선 다섯 명의 대학생에게 등록금을 지원하는 일부터 하지요."

그에게 다섯 명의 대학생들에게 장학금을 주겠다고 약속했지만, 뜻밖에도 커다란 장벽이 생겼습니다. 당시 단체의 중심부 사람들이 반대 입장을 분명하게 했습니다.

"우리는 이미 학교를 지었으니 그것으로 충분하지 않나요? 굳이 더 할 필요가 있을까요?"

다른 사람들의 반대의 목소리도 이어졌습니다.

"지금 모아놓은 돈도 없는데 그걸 왜 해요?"

하지만 저는 물러설 수 없었습니다. 무엇이 옳은가를 알았다면, 우리는 그 길을 가야 했습니다. 저는 대표님께 단호하게 말씀드렸습니다.

"현재 1만 원씩 모으고 있는 단체 자금에 조금도 손을 대지 않고, 장학금을 따로 모으겠습니다."

이왕 시작한 수레꾼의 사업이 단순히 문맹 퇴치만으로 만족하고 멈출 수는 없는 일이었습니다. 빈곤한 가정의 아이들에게 교육의 기회를 제공하는 일이야말로 장차 그들의 미래를 바꾸는 힘이 될 것이 분명했기 때문입니다. 그리고 무엇보다도 장연수님의 뜻을 따르고 싶었습니다. 그가 캄보디아에서 보여주고 있는 신뢰와 자상한 마음 씀씀이가 저에게 새로운 믿음을 주었기 때문입니다. 그를 처음 만났던 가을날, 그가 보여주었던 잔잔한 미소 속에서 그가 현지 사람들에게는 '빛나는 아침 햇살'과도 같은 존재임을 첫눈에 알아봤습니다. 그는 매일매일 가난 속에 살아가는 이들과 마주하며, 그들의 아픔을 누구보다 가까이에서 보고, 그들의 목소리를 진실로 듣고 실천하는 정신이 살아있는 참 보살이었습니다.

"가난한 사람들을 도울 수 없다면 그들이 다가오는 것을 방해하지 말라"라는 말이 있습니다. 멀리 떨어진 한국에 앉아 있는 저로서는 그 고통을 다 이해할 수 없었지만, 장연수님은 캄보디아 안에서 그들의 삶과 함께 살고 있었습니다. 그동안 앙코르 제국의 유적지 여행에서 보아왔던 캄보디아의 아득한 현실과 뽀디봉 초등학교의 헐벗은 아이들의 모습, 마을 사람들의 고단한 얼굴들이 선명하게 떠올랐습니다. 빈곤과 맞서 싸워야만 하는 그들의 삶은, 희망조차 멀게 느껴지는 고단한 여정이 아닐 수 없었습니다. 생존에 필수적인 물조차 오랜 시간 걸어야만 얻어지는 그들의 고통을 어찌다 머릿속으로 헤아릴 수 있겠습니까?

"희망이 있을 거야. 반드시 있을 거야!"

척박한 환경 속에서도 하얀 눈동자가 맑게 빛나고 있는 아이들을 볼 때마다 그곳 어디엔가는 반드시 희망이 있을 거라는 바람을 떨칠 수 없었습니다. 수레꾼이 할 수 있는 일이 비록 지금은 아주 작고 사소한 일에 지나지 않을지라도, 그 작은 빛이 어둠 속에서 길을 찾는 이들에게는 밝은 등불이 될 수 있을 것이라는 확신이 점점 더 강해지고 있었습니다.

독일 사람들이 좋아하는 시인 가운데 라이너 쿤츠(Reiner Kun-ze,1933~)가 있습니다. 그가 쓴 〈두 사람이 노를 젓다(Rudern zwei)〉라는 시(詩)에는 '두 사람'과 '별' 그리고 '폭풍'이 반복되고 있습니다. 시는 다음과 같이 노래합니다.

두 사람

두 사람이 노를 젓는다
한 척의 배를
한 사람은
별을 알고
한 사람은
폭풍을 안다

한 사람은 별을 보고
배를 안내하고
한 사람은 폭풍을 피해
배를 안내한다

마침내 그 끝에 이르렀을 때
기억 속의 바다는
언제나 파란 색이리라.
- 라이너 쿤츠

한 사람은 캄보디아에서 폭풍을 넘어 배를 저어가고, 또 한 사람은 한국에서 그 배가 나아가야 할 방향을 비추는 별이 되어야 했습니다. 만약 이렇게 함께 노를 저어가는 두 사람의 리듬이 잘 맞아떨어진다면, 인생은 아름다운 노래가 될 것입니다. 저는 장연 수님에게 굳게 약속했습니다.

"여러 가지 반대의 목소리가 나오고 있지만, 장학생에게 줄 장학금은 반드시 마련합니다."

이렇게 해서 수레꾼의 장학사업이 몇몇 지인들과 함께 모금에 나서면서 본격적으로 시작되었습니다. 장학금 전용 통장을 개설한 뒤, 프놈펜 왕립대학교 국어학과와 MOU를 맺는 등, 시골 출신

대학생들의 등록금을 지원하는 장학사업이 당당하게 그 첫걸음을 내딛게 되었습니다. 그렇게 선정된 2명의 프놈펜 대학 한국어과 학생과 다른 대학교에서 선발된 3명의 학생, 총 다섯 명에게 2011년 12월 8일, 첫 장학금이 지급되었습니다. 먼 꿈 같던 일이 현실로 다가오는 순간이었습니다. 대학생을 위한 장학사업은 단순한 금전적 지원의 의미뿐만 아니라, 청년들의 미래에 희망의 씨앗을 심는 큰 발걸음이라는 것은 두말할 필요가 없는 너무도 당연한 일이었습니다.

2011년 다섯 명의 캄보디아 대학생 첫 수레꾼 장학생들

뜨거운 날에

내를 건너서 숲으로
고개를 넘어서 마을로
어제도 가고 오늘도 갈
나의 길 새로운 길
- 윤동주, 〈새로운 길〉 중에서

장연수님과의 소통은 열악한 현지 통신 사정에도 불구하고 이메일로는 가능했습니다. 하지만 카톡도 페이스북도 없던 시절이었기에 그가 마을로 들어갔을 때는 깜깜 그 자체였습니다. 이러한 외중에도 그에게서 우물 파는 소식과 현장 사진이 간간이 날아와 가뭄에 단비를 만나듯 매우 반가웠습니다.

"오늘은 날씨가 엄청 뜨겁습니다. 하지만 지금까지 마을을 다니는 중 진입하기 제일 쉬운 날이었습니다. 학교로 들어가는 길에 깊은 웅덩이들이 여기저기에 있었지만 자동차가 지나갈 만했습니다. 이번엔 4개의 우물을 파러 왔지만 기존의 우물 보수를 바라는 마을 분들이 속속 나와서 예산 범위 내에서 지출을 할까 합니다만… 한 집은 우물의 관이 비뚤어져서 전부 다 꺼내고 다시 처음부터 해야 하고요. 한 곳은 우물 높이가 너무 낮아 빠질 위험이 있

2011년 마을에 파기 시작한 우물들

어서 더 높여야 한답니다.

　그리고 아직 정산이 끝나지 않아서 서암님께 말씀드리지 못하고 있는데 생각보다 비용이 적게 들어서 주신 예산보다 조금 남아요. 우물 파기가 다 끝나면 정산해 드릴 게요. 여전히 돈 들어갈 일이 많네요."

　"예산 걱정 너무 하지 마시고 거사님 재량껏 현장에서 보시고 지출할 것은 지출하십시오."

　"감사합니다. 후원해주신 수레꾼님들의 정성스러운 마음이 이곳에서 구현될 수 있도록 알뜰하게 조심해서 지출하겠습니다. 아직 우물 완성 후에 인건비를 얼마나 달라고 저한테 말할지 모르겠습니다."

"마을 사람들이 수박을 가져왔습니다. 이 자리에서 마을 대표하고 전체 비용을 확정지었습니다. 우물 한군데당 1,000$씩 총 4,000$을 지불하기로 했습니다. 그동안 지출한 돈이 태블릿, 정수기 설치, 통역 등으로 약 700$ 정도가 들어가서 차 기름값을 계산하더라도 1,000$의 여유가 남았습니다. 그래서 오래된 우물을 수리해 주기로 했습니다. 그리고 아에 우물 한 곳을 더 파기로 했습니다. 수리하는 데 드는 비용이 300$이라고 했으니 새로 파는 우물은 700$로 하는 셈입니다."

수레꾼이 학교와 마을에 본격적으로 우물을 파서 기증하기 시작한 것은 2011년 초부터였습니다. 그리고 그해 연말까지 다섯 차례에 걸쳐 모두 21개의 우물을 팠습니다. 10가구에 한 곳씩 우물을 사용할 수 있도록 한 '우물 파기'의 대장정이었습니다.

우물 파기를 시작하면서, 다른 NGO들이 이룬 우물 파기 실적을 살펴보기 시작했습니다. 그런데 놀랍게도 그들은 한 마을에 우물을 하나나 둘 정도만 파고, 다른 지역으로 이동해 또 우물을 파는 방식으로 실적을 채우고 있었습니다. 그 모습을 보며 '아, 이게 바로 전시 행정이라는 거구나'라는 생각이 들었습니다. 마을에 사는 사람이 1,800명이라는데, 우물 한두 개로 어떻게 그 많은 사람들이 물을 마시고 씻을 수 있단 말인가요? 그래서 "1,800명을 4인

우물 곁에서 즐거워하는 마을의 아이들

가족으로 나누고, 다시 10가구로 나누면, 대략 우물 40개가 필요하겠군!" 이렇게 결론을 내리고 본격적으로 우물을 파서 기증하기를 시작했습니다. 단순히 실적을 쌓는 것이 아닌, 실질적인 변화를 이루기 위해서는 반드시 10가구가 우물을 사용할 수 있도록 우물 위치를 신중히 살펴야 했습니다.

장연수님에게도 이렇게 전했습니다.

"우리는 마을의 모든 가정이 물을 쉽게 사용할 수 있게 하는 것이 목표입니다. 우물 위치를 철저히 계획해서 진행하도록 하지요."

이렇게 해서 2015년까지 만 4년 동안 총 37개의 우물이 마을 곳곳에 설치되었고, 이 덕분에 마을의 식수 문제는 여전히 부족하지만 원만하게 해결될 수 있었습니다. 처음에는 그저 물 한 모금으로 일상의 고통을 덜어주는 일이라고 생각했지만, 보내온 사진에 바가지에 철철 넘치는 물을 시원하게 들이켜는 아이들의 해맑은 미소와 우물가에서 연신 웃는 얼굴로 정담을 나누는 마을 아낙들의 행복한 모습이 담겨있는 모습을 보고는 정말 '참 잘했구나' 하고 후원인들 모두가 기뻐했습니다.

첫 방문단

사무국장의 역할을 자진해서 맡은 지 1년(2012년)이 훌쩍 지나고 있었습니다. 그동안 후원인들이 조금씩 늘어나면서 우물 기증하기 운동은 큰 성과를 보였으며, 초등학교 교사들의 월급도 매달 지원할 수 있게 되었습니다. 또한 성능은 그렇게 좋은 것이 아니었습니다만 각 교실마다 정수기도 설치해서 학생들에게 깨끗한 물을 제공하도록 노력했습니다. 그리고 국내에 결혼하여 입국한 다문화 가정들을 위하여 한식 만들기 프로그램인 〈요리쿡, 조리쿡〉을 만들어서 매달 1회씩 운영해 나갔으며, 서울 노인 복지관 점심 급식과 종로 노인 복지관 점심 급식에도 봉사를 나갔습니다.

또한 단체의 이름을 '자비를 나르는 수레꾼'으로 확정하고, 부처님의 지혜와 자비를 상징하는 연꽃 모양에 나눔과 베품을 상징하는 수레바퀴를 달아 예쁘고 귀여운 수레꾼 로고도 만들었습니다. 그리고 후원인 모집을 위한 팸플릿을 제작한 뒤, 서울특별시

국제팀에 비영리민간단체로 정식 등록까지 마치는 등, 비록 규모는 작았지만 국제 NGO로서의 틀을 서서히 갖춰나가기 시작했습니다. 이렇게 정식으로 모습을 갖추고 나서자 이제는 수레꾼 후원자들이 뽀디봉 마을의 현장을 직접 보고 판단할 때가 되었다고 생각했습니다. 그래서 뽀디봉 마을을 방문할 수 있는 방문단을 모집하기 시작했으며, 초등학교 전교생에게 새 교복을 입히려고 550벌을 준비하고 또 전교생에 줄 크레파스 500여 개도 마련했습니다. 그리고 현지로 떠났습니다. 해외 현지 봉사를 향한 수레꾼의 첫 발걸음이었습니다.

당시 한국인 관광객들로 장사진을 이루고, 외국인들로 북적이는 씨엠립 공항에서 장연수님을 만났습니다. 그는 버스를 준비해 두었고, 우리는 그 버스를 타고 썸라옹으로 향했습니다. 지금은 2시간 남짓이면 도착할 수 있는 거리지만, 당시에는 비포장도로로 이어진 길을 4시간 동안이나 달려야 했습니다. 그리고 학교까지는 30분 거리였지만, 먼지가 뽀얗게 이는 비포장도로를 두 시간 남짓 덜컹거리며 달려 마침내 학교에 도착했습니다. 버스에서 내리자, 하얀 교복이 먼지에 뒤덮여 새까맣게 보일 정도로 흙투성이가 된 꼬마들이 교문 입구에 도열해 있었습니다. 그 아이들이 조막손에 태극기를 흔들며 우리를 맞이하자, 많은 보살님들의 눈에 눈물이 차올랐습니다. 이 광경을 뭐라 표현해야 할지 모릅니다. 장관이라 할지, 감동의 물결이라 해야 할지, 애틋한 광경이라 할지 그저 벅찬 마음과 동시에 멍한 마음이 교차되었습니다.

가져온 헌 옷을 마을 사람들에게 나누어주고, 어린 학생들에게는 새롭게 마련한 하얀 교복을 입혀주었습니다. 그리고 아이들에게 크레파스를 건네주자, 마당은 금세 축제의 장으로 변했습니다. 온 마을은 환한 웃음으로 가득 차고, 마을 사람들의 얼굴에서는 기쁨으로 빛났습니다. 그날의 마당은 단순한 나눔이 아닌 마음과 마음이 이어지는 축제였으며 희망이 피어나는 자리였습니다.

마을 사람들은 덩실덩실 춤을 추기 시작했고, 함께 간 수레꾼 보살님들 역시 마을 여인들의 춤에 동참했습니다. 춤을 추며 서로 마주 보고 짓는 웃음이 단순한 웃음이 아니라 서로의 마음을 나누는 귀한 시간이 되는 순간이었습니다. 초등학교의 전교생들에게 교복을 새로 입히기 위해서 125명의 후원인께서 920만 원을 모금을 하여 교복에 314만 원을, 크레파스에 72만 원, 청소도구에 350$, 스케치북에 400$, 그리고 초등학교 전교생과 함께 점심식사를 하는데 500$을 지출했습니다. 이렇게 2박 3일의 일정이 끝나고 먼 거리를 또 달리고 달려 캄보디아의 수도 프놈펜으로 향했습니다

뽀디봉 초등학교의 설립은 이미 말씀드린 바와 같이 캄보디아에서 승왕(King Monk, 僧王)으로 추앙받고 계시는 뗍봉스님으로부터 시작된 일입니다. 그래서 우리 방문단은 왓 우날롬 사원(Wat

2012년 뽀디봉 초등학교 학생들에게 새 교복을 입히다

Ounalom Pagoda, 캄보디아에서는 절을 파고다라고 부름)에 주석하고 있는 뗍봉스님을 만나야 했습니다. 동남아 최대의 호수인 똔레삽 호수로부터 흘러내려온 샵강이 내려다보이는 강변에 세워진 왓 우날롬 사원(1443년 건축)은 프놈펜 시내 한복판에 자리 잡고 있었으며 캄보디아의 왕궁과도 아주 가까웠습니다. 입구에 들어서자 시아누크 국왕의 스승이며 왓 우날롬 사원의 최고 총대주교였던 '추흔 나트' 스님의 동상이 인자한 표정으로 절을 찾은 손님들을 맞이하고 있었습니다. 이 동상 안에는 부처님의 눈썹으로 여겨지는 사리가 모셔져 있다고 전해지고 있었습니다.

우리를 맞이해주는 뗍뽕 승왕스님의 얼굴에서는 기쁜 표정이 역력했습니다. 그리고 수레꾼 장학금을 받게 된 프놈펜 대학교 한국어과에 재학 중인 높 뿌따린과 폰 짠나, 반다 대학교 경영학과 1학년에 입학한 승온 쁘까릭, 찐 시노이, 산 쓰레이 뽀 등 다섯 명의 대학생에게 승왕스님은 직접 축원과 격려의 말씀과 함께 수레꾼이 마련한 장학금을 수여했습니다. 2012년 3월 30일의 일이었습니다.

땅 위에 발을 딛고

꽃같은 인생이라면
씨앗이라도 여물고 가야지.
나그네 같은 인생이라면
발자국이라도 남기고 가야지.
- 이채, 《한번 왔다 가는 인생길》 중에서

초등학교는 2009년부터 본격적으로 학생들을 받기 시작했습니다. 2010년에는 한국 행정안전부의 도움으로 한국의 파라미타 청소년 봉사단에 의하여 초등학생들이 사용할 화장실이 마련되었으나, 캄보디아 스타일의 수세식 화장실에서조차 사용할 수 있는 물이 확보되지 않았으므로 위생 상태는 말이 아니었습니다.

2011년, 교사 6명과 학생 500여 명이 재학하는 큰 규모의 초등학교로 성장했지만, 이 모든 성장은 겉모습에 불과했으며, 해결해야 하는 과제는 산더미처럼 쌓여 있었습니다. 우리는 남루한 옷을 걸치고 빈곤한 모습으로 살아가는 뽀디봉 마을 사람들을 보면서 이렇게 생각했습니다. 아이들이 글을 읽고 쓸 줄 알게 되고, 주민들이 우물에서 깨끗한 물을 마음껏 마실 수 있다면, 그들의 삶은 분명 나아질 것이라 믿었습니다. 그러나 몇 년이 지나고 난 다음에 마주한 현실은 그동안 꿈꾸어왔던 상상과는 거리가 멀어도 한참

멀었습니다. 2012년 봄, 수레꾼 방문단이 처음으로 이 마을을 찾았을 때, 초등학교 학생회장이었던 쓰라이 넷은 부끄러워하면서 우리에게 담담하게 말했습니다.

"저는 부모님이 태국에서 일하는 동안 남동생 하나, 여동생 둘의 밥을 해먹이고, 물을 길어와야 했고, 빨래도 하면서 학교를 다녔어요."

쓰라이 넷의 이야기를 들으며, 문득 금호동 산골에서 야학을 하던 시절이 떠올랐습니다. 그곳에서 구두닦이, 신문 배달, 공사장에서 일하던 남녀 청소년들에게 중학교 과정을 가르치며, 검정고시로 고등학교를 마칠 수 있도록 돕던 기억이었습니다. 한국의 그 가난했던 아이들과 조금도 다르지 않은 이곳 학생들을 보며, 그들에게 중학교로 이어지는 배움의 기회를 열어주는 일이 얼마나 중요한지 다시금 깨닫게 되었습니다.

"중학교를 반드시 지어야겠어!"

중학교를 지으려면 설립자금이 필요했습니다. 그러나 수레꾼 통장에는 겨우 1천만 원을 밑도는 소액 잔액만 있을 뿐이었습니다. 이처럼 어디에서부터 설립자금을 마련할지 아득하기만 한 때에 인생의 밑바닥에 빠져 허우적대던 IMF 시절, 뼈저리게 제 가슴에 사무치던 고려시대의 선사(禪師)인 지눌(知訥, 1158~1210)스님의 말씀이 떠올랐습니다.

"땅에서 엎어진 자는 땅을 짚고 일어서라!"

이 말은 수심결(修心訣)에 나오는 아주 간결하고 쉬운 문장이었지만 그 문장이 뜻하는 깊은 의미는 와닿지 않았습니다. 하지만 분명한 것은, 그 당시 저는 땅에 엎어진 사람이었다는 사실이었습니다. 과거의 영광과 직책만을 그리워하며, 고통 속에서 스스로를 움켜쥔 채 그저 헛되이 주저앉아 탄식만 하고 있었습니다. 그러던 어느 날, 어둠을 가르는 한 줄기 섬광처럼 머릿속을 꿰뚫는 깨달음이 찾아왔습니다.

"그래, 이 땅이 바로 그것이구나. 이 땅을 짚고 일어서라는 말이었구나!"

그제야 그 말씀이 품고 있던 참된 의미를 온전히 이해할 수 있었습니다. 땅에 엎어진 자는 결국 땅을 디뎌야만 다시 일어설 수 있다는 것을.

백만 원을 들고 미국으로 날아갔습니다. 그리고 운 좋게 플로리다의 한 일식당(日食堂)에 취직할 수 있었습니다. 그 일식당은 제게 있어 다시 일어서기 위한 '땅'이었습니다. 땅에 엎어졌던 그때, 바로 그 순간이야말로 제가 다시 일어설 기회를 준 '기초'였고, 그 땅위에서 다시 발을 딛고 일어서는 법을 배우는 순간이었습니다. 지금 이 마을에 중학교가 세워진다면 초등학교를 졸업하는 아이들이 딛고 일어설 새로운 땅이 될 것이 분명했습니다.

중학교

초기에 초등학교 교장으로 부임해 온 티잉 힘(현재 수레꾼 뽀디봉 중학교 교장) 선생님은 당시 상황을 이렇게 말합니다.

"제가 처음 이곳에 부임해 온 해는 2008년 10월이었습니다. 그때는 아직 학교의 본 건물이 완성되지 않았기 때문에 마을에 가서 아이들을 모아서 글자부터 가르쳤습니다. 선생님은 여선생님 한 분을 포함해서 저희 둘뿐이었으며 저의 월급은 10만 리엘(25$)이었습니다. 그리고 학교가 완성된 2009년에 선생님 두 분, 2010년에 또 두 분이 더 충원되어 모두 6명의 교사로 학교가 운영되었습니다."

현재의 초등학교 교장인 부엉 쏘리야(Boung Soriya) 선생님도 2010년부터 2013년까지 160,000리엘(40$)을 받았고, 그것도 6

개월이 지나서야 급여를 받을 수 있었다고 하니, 학교는 지어졌지만 아이들을 가르치고 있는 교사들의 재정 상황은 매우 열악했습니다. 정부는 교사들의 월급을 제때 지급하지 못하고 있었고, 학교를 지은 승왕스님 또한 교사들에게 월급을 주지 못하고 있었습니다. 수레꾼도 2010년 가을에나 되어서 창립되었고, 그 이듬해인 2011년부터 교사들의 월급을 지원하기 위해 매달 800$를 승왕스님께 보내기 시작했습니다. 하지만 승왕스님께 보낸 800$조차도 학교 외에 더 절실하게 지원이 필요한 곳도 많았기에, 수레꾼이 보낸 후원금이 교사 월급에 전액 사용될 수 없었다는 것은 나중에야 알게 되었습니다. 이처럼 정확한 현실을 알게 되기까지는 꽤 많은 시간이 흘러야 했습니다. 장연수님조차도 수레꾼이 보낸 800$에 대해서는 조금도 관여할 수 없다고 말하면서 매우 안타까워 했습니다.

두 번에 걸친 학교 방문을 마친 이후, 초등학교를 졸업한 아이들의 향방이 궁금해졌습니다. 언제나 웃는 표정의 마음씨 좋게 생긴 티잉 힘 교장에게 물었습니다.

"학교에는 6학년 학생들이 꽤 많은데 이 학생들은 졸업 후에 어디로 가지요?"

교장은 늘 띠고 있던 미소를 잠시 거두고, 눈을 지그시 감았다가 조용히, 그리고 쓸쓸하게 대답했습니다.

"이곳에서 부모와 함께 농사를 짓거나 태국으로 넘어가 막노동을 합니다."

"아~!"

마치 둔기로 머리를 맞은 듯, 머릿속이 멍해졌습니다. 처음 이곳
에 초등학교를 세울 때는 문맹 퇴치가 모든 문제의 해답처럼 보였
습니다. 아이들이 글자를 읽고 쓸 수 있게 되는 것만으로도 대단한
성취라 여겼고, 그것이 전부라고 믿었습니다. 하지만 초등학교를
졸업한 아이들이 마주할 세상은, 단순히 글자를 아는 것만으로는
헤쳐 나갈 수 없는 거대한 강이자 넘기 힘든 높은 산이었습니다.

아이들에게 필요한 것은 그 강을 건널 수 있는 배와 방향을 잃
지 않을 나침반이었습니다. 초등학교 지은 것으로 만족해서는 안
되었습니다. 초등학교를 지었다면 이제는 중학교를 세워야 할 때
가 된 것입니다. 중학교는 단순한 교육기관 이상의 의미를 가지고
있습니다. 중학교는 아이들이 앞으로 마주치게 될 세상에서 지혜
롭게 살아갈 수 있는 명확한 지도가 되어줄 것이며, 초등학교에서
배운 글자를 바탕으로 세상을 읽고 살아갈 힘과 지혜를 키워줄 훌
륭한 중간다리가 될 것입니다.

중학교라는 또 다른 다리를 놓아야 한다는 결심이 마음속에 단
단히 자리 잡았습니다. 이제 중학교 설립 프로젝트는 단순한 목표
가 아니라, 아이들의 미래를 위해 반드시 실현해야 할 과제이자 우
선적으로 이루어야 할 소명이 되었습니다.

기적 2

꽃씨는 싹을 틔우고
꽃으로 활짝 피었다가
꽃씨를 남긴다.
- 노윤경, 《Trueself》 중에서

중학교를 세우겠다는 발상은 기특했지만, 간밤에 꾸었던 꿈처럼 막연하고 흐릿했습니다. 그러나 꿈을 꾸지 않으면 아무것도 이룰 수 없는 것 또한 분명합니다. 꿈을 멈추는 순간, 삶에 주어진 의미도 함께 멈춰버리기 때문입니다. 비록 가진 돈도, 돈을 구할 확실한 방법도 없었지만, 중학교가 설립된 이후의 모습은 마음속에 선명하게 그려지고 있었습니다. 그러나 현실은 결코 녹록지 않았습니다. 설립자금을 마련하지 못한 채, 텅빈 하늘만 올려다보게 되는 일이 잦아졌습니다. 하지만 파란 하늘은 그저 무심히 넓기만 했을 뿐, 아무런 답도 내려주지 않았습니다.

중학교를 세우겠다는 꿈이 먼지처럼 흩어질 것만 같던 어느 날, 기적 같은 일이 일어났습니다. 제가 캄보디아에서 해온 일들을 몇 년간 지켜봐 주셨던 지인 한 분이 익명으로 5천만 원을 쾌척해 주신 것이었습니다. 오랫동안 사막에서 길을 잃고 헤매다 야자나무가 있고 물이 흐르는 오아시스를 만난 듯했습니다. 아니, 어두운 구름 사이로 스며든 한 줄기 빛과도 같았습니다. 이 빛은 가슴속에 머물고만 있던 꿈을 다시 현실로 끌어올리는 강력한 힘이 되었습니다.

이 기적 같은 후원금은 뽀디봉 마을의 500여 명 학생들, 그리고 그보다 훨씬 많은 아이들에게 중등교육의 문을 열어주는 힘이 되어줄 것이었습니다. 저는 이 기쁜 소식을 장연수님께 알렸습니다. 그는 함께 기뻐하며 축하해 주었지만, 곧 깊은 한숨과 함께 이런 말을 남겼습니다.

"그 돈으로는 학교를 짓기엔 많이 부족합니다. 초등학교를 지을 때도 교실 여섯 개에 교무실 하나를 포함해서 모두 일곱 개의 교실을 지었잖아요. 그 건물을 짓는데 총 8천만 원이 들었어요."

아! 이것은 청천벽력 같은 소리였습니다. 그 순간, 마치 하늘이 무너지는 듯한 충격이 밀려왔습니다. 5천만 원이라는 돈이 큰돈이었지만, 여전히 학교 건립에는 한참 모자란다는 사실이, 그 기쁨을 순식간에 멈춰 세웠습니다. 마치 한 걸음 나아가려 할 때, 또 다른 장애물이 눈앞에 놓여지는 기분이었습니다.

마중물

삶의 지혜는
파도를 멈추는 것이 아니라
파도타기를
배우는 것이다.

5천만 원!

일천만 원 남짓 넘게 들어있는 당시의 수레꾼 후원 통장의 잔액을 생각하면, 결코 적은 돈이 아니었습니다. 하지만 중학교를 세우기에는 여전히 부족하다는 이야기를 듣고, 적잖이 당황했습니다. 그렇지만 아무것도 없던 때와는 전혀 다른 위치에 서 있다는 것. 기초 종자자금이 생겼다는 것만으로도 새로운 활력으로 차올랐습니다. 이 자금은 중학교를 세울 수 있는 귀한 마중물이었습니다. 말라버린 땅에 단비를 내리게 할 첫 물줄기였습니다. 이 사실만으로도 후원금 모금하는 일이 더 이상 막막하지 않았습니다.

"여러분의 작은 도움을 우리들의 '자비 수레'에 얹어 주신다면, 아이들에게 더 큰 미래를 열어줄 수 있습니다."

그러자 물 한 방울, 한 방울이 모여 마침내 큰 강을 이루듯 천천히, 꾸준하게 후원금이 '자비 수레'에 담기기 시작했습니다. 마침내 7천만 원 가까운 금액이 모였고, 2012년 8월, 교장 선생님과 교사들, 마을 사람들이 모인 조촐한 자리에서 스님의 축원과 함께 첫삽을 떴습니다. 꿈이 현실이 되는 첫삽이었습니다.

울퉁불퉁한 초등학교 교실 바닥

학생들이 앉을 책상과 걸상을 만들고, 칠판을 구입하고, 교실 바닥에는 반짝이는 타일을 깔았습니다. 여기저기 깨지고 터져 엉망이 되어버린 초등학교 교실의 바닥도 이때 다시 타일로 단장했습니다. 그동안 어린아이들이 울퉁불퉁한 바닥에 책상을 얹고, 그 위에서 공부를 해야 했지만 중학교를 지으면서 모든 것이 달라졌습니다. 타일을 깐 후, 교실은 새로운 활기가 돌았습니다. 방과 후에도 아이들은 집에 가지 않고 타일로 새로 단장된 교실에 남아서 친구들과 함께 노는 모습을 사진으로 보내왔습니다. 흐뭇했습니다. 6개월씩이나 계속되는 우기에도 교실에서 놀 수 있으니 정말 잘된 일이었습니다.

"학교는 단지 공부하는 공간만이 아니야. 아이들이 웃고, 꿈꾸

2012년 부서져 나간 복도를 깨끗하게 타일로 교체

고, 자유롭게 놀 수 있는 놀이터이자 쉼터가 되어야 하는 거야."

　중학교 공사는 순조롭게 진행되었고, 2012년 10월, 드디어 교
실이 완성되었습니다. 장연수님의 부단한 노력 덕분에 중학교는
초등학교처럼 공립으로 인정받았고, 학교 이름도 공식적으로 수
레꾼과 마을 이름을 따서 '수레꾼 뽀디봉(Surekkun Pothivong) 중
학교'로 문교 당국에 정식으로 등록되었습니다.

장학생 봉사단

중국 춘추시대를 주름잡았던 다섯 명의 패자 즉 춘추오패(春秋五覇) 가운데 첫 번째는 제나라의 환공이었습니다. 그를 역사상 최고의 패자로 만든 일등 공신이 바로 관중(管仲, B.C 725?~B.C 645)이었습니다. 관중은 이렇게 말했습니다.

"'일 년의 계획'은 곡식을 심는 것보다 나은 것이 없고, '십 년의 계획'은 나무를 심는 것보다 좋은 것이 없으며, '평생의 계획'은 사람을 키우는 것보다 더 훌륭한 것이 없다."

참으로 가슴에 와닿는 말입니다. 중학교를 세우는 일과 대학생을 지원하는 일은 장기적인 계획 속에서 꾸준히 이어가야 하는 과제입니다. 수레꾼이 세운 계획 가운데 가장 큰 비중을 둔 것도 바로 사람을 키우는 일입니다.

수레꾼은 작은 규모의 NGO이자 비영리민간단체에 불과하지만, 아시아의 빈곤한 가정의 자녀들을 위해 교육을 지원하고, 척박한 환경에서 살고 있는 마을 사람들의 생활을 향상시키는 것을 목적으로 세워졌습니다. 그래서 시작한 사업 중 하나가 캄보디아 시골 출신의 장학생들을 지원하는 프로그램이었습니다. 2011년 3월, 처음으로 프놈펜에 있는 대학으로 진학한 다섯 명의 학생에게 등록금을 지원했고, 그 이듬해 장학금이 순조롭게 모금되어서 2012년에는 다섯 명을 추가로 선발해, 총 열 명의 학생이 지원을 받을 수 있게 되었습니다. 그리고 현재는 15명의 장학생에게 장학금을 주고 있습니다.

사람을 키우는 일은 미래를 위한 투자이자, 삶을 근본적으로 변화시키는 일이었습니다. 관중의 말처럼, 사람을 키우는 일이야말로 평생 세워야 할 계획 중 가장 으뜸임에 틀림없습니다. 하지만, 장학금을 주는 것만으로 사람이 키워지는 것은 아니며, 장학금을 받고 그것으로 끝이 되어서는 더더욱 안 되는 일이었습니다. 그때 동국대학을 막 졸업하고 사회에 첫발을 내디딘, 지금은 세계불교박람회의 총기획자가 된 김민지 대표와 이야기를 나눌 기회가 있었습니다. 당시 그녀는 제게 귀한 조언을 해주었습니다.

"서암님, 장학금을 주면서 봉사도 같이 시킬 수 있나요? 예를 들면 농촌 봉사 같은 것이요."

어둠 속에서 빛이 번쩍하는 순간이었습니다. 청년 민지의 이 말은 장학금 후원과 봉사활동을 하나로 묶는 새로운 시야를 열어주었습니다. 미처 생각하지 못했던 부분이었습니다.

"맞아. 돈을 받으면, 줄 줄도 알아야 해."

장학금은 단순히 공부만 잘하라고 주는 것이 아니라, 그들이 받은 것을 사회에 되돌려주며 나눔을 배우고 실천하는 경험을 통한 진정한 인재 교육이 필요했습니다. 그리고 그것이 그들의 삶을 더욱 풍성하게 만들 것이 틀림없었습니다.

장연수님에게 장학생과 함께하는 봉사 프로그램을 신설하자고 제안했습니다.

"아, 봉사 프로그램이요. 너무 좋습니다. 대학생들과 함께 뽀디봉 마을로 봉사할 수 있도록 준비하겠습니다."

장학생 첫 봉사

얕은 물은
가벼운 풀은 띄울 수 있지만
큰 배는 띄울 수 없다.
- 장자,《소요유》중에서

2013년 2월 1일.

첫 봉사에 나선 캄보디아 대학생들과 씨엠립에서 마주했습니다. 프놈펜에서 출발한 학생들은 버스를 타고 씨엠립으로 왔고, 우리는 한국에서 씨엠립으로 날아와 만났습니다. 기존의 장학생 5명 중 프놈펜 대학 한국어과 학생 한 명이 졸업을 했고, 새로운 장학생 여섯 명이 더해졌습니다. 그렇게 해서 열 명의 학생들이 '수레꾼 장학생'이 되었습니다. 그리고 그 어느 때보다 올해는 특별했습니다. 그 이유는 한국의 학생이 아닌 캄보디아 대학생들과 함께하는 첫 번째 봉사활동이었기 때문입니다. 그동안 많은 한국의 봉사단은 한국의 청소년들을 데리고 와서 일회성 봉사활동을 진행하곤 했습니다만, 수레꾼은 장학금을 받는 캄보디아 대학생들이 스스로 자기 나라를 위해 봉사하는 것을 돕는 일이 훨씬 의미 있다고 생각했습니다. 게다가 한국 봉사단을 인솔해 오는 데에는 비용

2013년 첫 수레꾼 봉사활동에 참여한 캄보디아 대학생

이 많이 들 뿐 아니라, 무엇보다도 지속성이 없다는 점이 가장 큰 단점이었습니다.

우리는 씨엠립에서 하룻밤을 보내고, 다음날 아침 일찍 뽀디봉 마을로 향했습니다. 버스를 타고 가면서 서로 자기소개를 나누었습니다. 장학생들끼리도 서로 처음 보는 사이였기 때문이었습니다. 캄보디아는 과거의 우리나라처럼 긴 내전의 상처를 안고 살아가는 나라입니다. 그 처절했던 내전 속에서 수많은 지도자와 지식

인들이 희생되었고, 그 후유증으로 젊은 인재는 사라진 별처럼 희귀해졌습니다. 경찰, 군인, 교사, 의사, 기업인, 그리고 종교 지도자들까지, 나라를 이끌어가야 할 세대가 뿌리째 뽑혔습니다. 이러한 나라에서 미래를 향해 가장 빛나는 별은 바로 캄보디아의 청년들이었습니다.

우리는 비포장길을 달려 먼지를 뽀얗게 쓴 채로 새로 지은 중학교에 도착했습니다. 이 학교의 면적 부지는 뎁뽕스님이 정부로부터 불하받은 넓디넓은 1만 평의 직사각형 땅이었습니다. 초등학교는 남쪽 끝에서, 북쪽을 바라보고 자리를 잡았고, 이번에 새로 설립한 중학교는 그 반대편, 북쪽 끝에서 남쪽을 향해 서 있었습니다. 교실 세 개와 교무실을 포함해 네 개의 교실로 마련된 '수레꾼 뽀디봉 중학교'는 입구가 큰 도랑으로 가로막혀 건널 수 없었고, 교문도, 화장실도 없는 상태였으며 교실 앞뜰에는 공사를 하면서 버린 공사 잔해들이 앞마당에 가득 쌓여 있었습니다.

우리는 학교에 도착하자마자 학교로 진입할 수 있도록 도랑 위에 다리를 놓는 일을 하기 시작했습니다. 그리고 학교 교문 기둥도 세우고 그 위에 학교명이 들어간 간판을 달아야 했고, 교실 앞에 버려진 공사 잔해들과 쓰레기들을 치워야 했습니다.

그때 여학생들이 남학생들을 향해 이렇게 외쳤습니다.

"남자, 여자 편을 나눠서 누가 더 빨리 진입로를 만드는지 내기하자!"

아니, 여학생과 남학생을 가르자고? 뜨거운 태양을 머리에 인 채 땅을 삽으로 파서 포대나 삼태기에 담아 흙을 나르는 일이란 매우 힘든 노동이었습니다. 그런데 남성팀과 여성팀으로 나눠 경쟁하자는 여학생들의 말이 처음엔 농담으로 하는 말인 줄 알았습니다. 그러나 캄보디아의 여성들은 일반 여성들과 다르다는 이야기를 책에서 읽은 적이 있어서 정말 그럴까 했는데 정말 그랬습니다. 여학생들의 삽질하는 모습을 보고서 깜짝 놀랐습니다.

"어떻게 이렇게 여학생들이 삽질을 잘하지?"
휴먼리소스 대학교 경영학과에 다니는 항 메타는 이렇게 말했습니다.
"우리들은 모두 시골 출신이잖아요. 시골에서는 여자들이 다 이렇게 일을 해요."

캄보디아 여성들의 생활력이 강하다는 것은 캄보디아의 역사

2012년 수레꾼 중학교 설립 이후 진입로를 만들고 있는 수레꾼 캄보디아 대학생

를 살펴보면 쉽게 알 수 있었습니다. 그녀들의 강인함은 캄보디아의 오랜 역사 속에서 자연스럽게 형성된 아픈 역사의 흔적이라고 설명할 수 있습니다. 앙코르 제국의 수많은 전쟁은 캄보디아 여성들의 삶을 뿌리째 뒤흔들어 놓았습니다. 특히 크메르족이 참족(현베트남 중부 지역에 살던 종족, 그러나 베트남 종족은 아님, 현재는 소수민족으로 변함)과 치른 전쟁은 앙코르 역사의 대부분을 차지하고 있을 정도로 오랜 기간 벌어졌습니다. 참족들은 앙코르의 왕궁을 침범하고 왕을 죽이거나 납치하는 일까지 서슴지 않았습니다. 앙코르 제국 역시 참족을 정벌하여 그들을 오랫동안 지배했었습니다. 이 전쟁들 속에서 수많은 캄보디아 남성들이 전장으로 나가 싸우다 목숨을 잃었습니다. 그 결과 남편과 아버지를 잃은 여성들은 홀로 남아 가족을 부양해야 했으므로, 여성들의 생활력은 점차 강해질 수밖에 없었습니다. 역사의 무게를 짊어지며, 그들은 스스로 삶을 개척하는 강인한 존재로 변모한 것입니다.

근대에 들어서도 캄보디아 여성들은 비슷한 운명을 맞이했습니다. 1970년대 폴 포트 정권 시절, 4년에 걸친 끔찍한 학살 속에서 수많은 남성들이 희생되자 또 여성들은 가족을 지탱해야 했습니다. 가혹한 역사의 운명 앞에서 여성들은 생존을 위한 강한 의지를 키웠고, 그 유산은 오늘날까지도 이어져 내려오고 있습니다. 지금도 캄보디아의 시장이나 상점에 가면, 생계를 책임지는 사람들 대부분은 여성들입니다. 어린 소녀들조차 가족의 생계를 위해 일하는 모습을 아주 자주 볼 수 있는 나라입니다.

　우리는 학교 앞 도랑에 지름 1m의 큰 콘크리트관을 두 개를 묻고 그 위로 땅을 파서 날라서 메꾸는 다리를 만드는 작업을 남학생팀과 여학생팀이 서로 웃고 떠들면서 3일 동안 열심히 했습니다. 다리가 완성된 후, 우리는 교문을 세우고 그 위에 '수레꾼 뽀디봉 중학교'라는 한글, 영어, 캄보디아어로 새겨진 학교 간판을 설치하고 그 아래 전부 모여 기념사진을 찍었습니다. 지금도 그 다리와 교문을 통해 수많은 중학생들이 등교하고 있다는 사실은 이루 말할 수 없는 자랑과 감동을 안겨줍니다. 더욱이, 그것이 수레꾼 장학금을 받은 캄보디아 대학생들이 처음으로 손수 만든 작업이었다는 점에서 그 의미는 더욱 깊고 특별했습니다.

세미나를 열다

우리가 나르는 것은 꿈이라오
놀라운 일이 일어나리라는 꿈
일어나야 한다는 꿈
시간이 열리고
문들이 열리고
마음이 열리는 꿈
땅이 열려 물이 솟고
꿈도 열리는 꿈
그런 꿈들을 싣고 어느 아침처럼
미지의 항구로 들어서는 꿈
- 올라브 하우게olav h. hauge,《꿈》중에서

첫 번째 장학금을 지급하고 난 다음 수레꾼은 다섯 명을 더 증원하여 대학생 15명에게 4년간의 등록금을 지원하겠다고 약속하고 "장학금을 받으면 매년 한 번은 반드시 수레꾼이 세운 오지 마을의 초등학교와 중학교, 그리고 그 마을로 봉사를 가야 한다"는 조건을 강화했습니다. 그들은 이 조건을 받아들였고, 실제로 그렇게 했습니다. 봉사 일정을 마친 후, 그들은 대부분 처음 만난 사이였음에도 불구하고 매우 즐거워하고 자랑스러워 했습니다. 12시간이라는 긴 여정을 거쳐 태국 국경과 매우 가까운 외딴 마을에 도착해서 함께 먹고 자며, 다리도 만들고, 교문도 세우며, 꽃밭도 만들고, 어린이들과 어울리는 경험은 그들에게 새로운 세상을 열어주는 기회가 되었습니다. 프놈펜에서 뽀디봉 마을까지의 거리는 결코 가깝지도 않고, 쉬운 길도 아니었지만, 그들은 그것을 해냈습니다.

수레꾼 캄보디아 대학 장학생들이 매달 모여 공부를 하고 있다

　만약 한국의 봉사단을 데리고 가려면 그 후원금을 마련하기 위해 여러 기관을 전전해야 했을 것이며, 봉사단을 모집하기 위해 여러 학교를 찾아다니며 준비해야 했을 것입니다. 하지만 캄보디아 대학생들과 함께하는 수레꾼 봉사 프로그램은 그 모든 복잡함과 번거로움을 한 번에 뛰어넘습니다. 장학금을 받는 수혜자를 넘어서 베풂을 실천하는 주체가 되었으니 대학생들이 아주 좋아하는 프로그램이 되었습니다. 서로를 도우며, 땀 흘리며 만들어낸 자국 봉사 경험은 최초로 이들에게 심어준 신선한 '나눔'의 씨앗이었습니다. 이 씨앗은 언젠가 자라나, 캄보디아 곳곳에 아름다운 나눔의 숲을 만들어낼 것을 확신하며 코로나 시기를 뺀 2년을 제외하고

지금까지 이어지고 있는 장기 프로그램이 되었습니다.

수레꾼은 여기서 멈출 수 없었습니다. 장학생들끼리 서로 더 깊은 연결과 배움이 필요하다는 생각이 들었습니다. 1년에 한 번 하는 봉사 프로그램만으로는 충분하지 않다고 느껴져서 장연수님께 제안했습니다.

"두 달에 한 번씩 특정한 주제를 정하고 강사님들을 초청하여 장학생들을 위한 세미나를 열어주면 어떻겠습니까?"

이렇게 해서 수레꾼 장학생들은 캄보디아의 유명인사들을 초청해 두 달 혹은 석 달에 한 번씩 모여, 멋진 강의도 듣고, 함께 식사를 나누는 친목 세미나가 시작되었습니다.

이웃 초등학교

함께 가자 먼 길
너와 함께라면
멀어도 가깝고
아름답지 않아도
아름다운 길
- 나태주, 〈먼 길〉 중에서

어느 날, 장연수님에게서 카톡 문자가 왔습니다.

"이웃 마을에 있는 다섯 초등학교의 졸업생들이 수레꾼 뽀디봉 중학교로 진학하게 되었어요."

이 소식은 전혀 예상치 못한 일이었습니다. 우리는 중학교를 세우면서 뽀디봉 초등학교를 졸업한 학생들만 진학할 것이라고 생각했지만 이웃 마을에도 초등학교들이 있었던 것입니다.

"그럼 신입생은 얼마나 되는 겁니까?"
"아마도 80여 명에 가까울 듯합니다."
80여 명이라니! 이 숫자는 전혀 생각지도 못했던 숫자였습니다. 이웃 마을 중에는 '꼭찬리'라는 곳이 있는데, 뽀디봉 초등학교에서 교사로 있던 '찬 툰'(Chan Toun) 선생님이 승진하여 교장이 된 '꼭찬리 훈센 초등학교'와 뽀디봉 마을로 들어가는 초입에 있는 '트나옷(Thnot) 초등학교' 졸업생들까지 수레꾼 중학교로 진학한 다고 하니, 중학교를 설립한 것이 참으로 잘한 일이었다는 생각과 동시에 걱정이 밀려왔습니다. 우리가 세운 학교들이 여전히 어려 움을 겪고 있는 것처럼, 이들 초등학교도 모두 같은 어려움에 직면 해 있었기 때문입니다.

수레꾼 중학교에 생물교사로 부임한 리 톨바티(Ly Tolvatey) 선 생님은 이렇게 회상합니다.

"저는 다섯 형제 중 맏딸이었습니다. 2011년에 고등학교를 졸 업하고, 생물·화학 시험에서 합격하여 교사 선발 시험에 통과했 습니다. 시험에 합격한 후, 캄보디아 제2의 도시인 밧탐방으로 가 서 2년 동안 교사 연수 과정을 수강하고, 2013년 10월에 수레꾼 뽀디봉 중학교에 부임하게 되었습니다. 저의 집은 썸라옹에 있었 고, 학교 가는 첫날의 기억이 아직도 생생합니다. 지금도 학교 가 는 길은 나쁘지만, 그 당시에는 더 열악했습니다. 누런 황토길 양 쪽으로는 끝없이 펼쳐진 나무와 농경지들이 있었고, 가끔씩 들려 오는 동물 소리만이 정적을 깼습니다.

오토바이를 타고 학교로 출근해야 했지만, 저는 여성이었기에 이 길이 몹시 무섭고 두려웠습니다. 학교에 가려면 뜨나옷이라는 마을을 지나야 했는데, 특히 험난했습니다. 우리 중학교에는 뽀디봉 초등학교, 뜨나옷 초등학교, 꼭찬리 초등학교, 그리고 뜰어빵뜨아우 초등학교 졸업생들이 진학을 하게 되었습니다. 그때 중학교에는 교장 선생님과 남자 선생님 한 분 그리고 세 명의 여선생님이 계셨고, 학생은 중학교 1학년과 2학년 두 반뿐이었습니다.

캄보디아의 우기는 길고 힘듭니다. 우기 때에는 비가 내려도 억수같이 내립니다. 이렇게 비가 매일 내리면, 학교 가는 길은 온통 진흙탕으로 변해버렸습니다. 오토바이가 갈 수 없을 때는 내려서 밀고 가야 했고, 비가 많이 내리면 앞을 볼 수조차 없었습니다. 건기에는 먼지가 온몸을 덮어 학교에 도착하면 흙먼지로 온몸이 하얗게 변했습니다. 이토록 학교로 출근하는 일이 쉽지 않았지만 저는 한 번도 학교 가는 일을 포기하지 않았습니다.

2015년, 저는 수학을 가르치던 싼 라디 선생님과 결혼했습니다. 결혼한 지 한 달 만에 임신을 하게 되었고, 아이가 생긴 것은 가족에게 매우 기쁘고 행복한 일이었지만 걱정도 앞섰습니다. 임신한 몸으로 혼자 오토바이를 타고 40분 넘게 출 · 퇴근해야 했기 때문입니다. 다행히 저는 건강하게 딸을 낳았습니다. 그리고 무엇보다 좋았던 것은 남편인 싼 라디 선생님도 우리 중학교로 전근되어 왔습니다. 이제는 남편과 함께 출퇴근을 하고 있으니 훨씬 편해졌습니다."

톨바티 선생님의 이야기는 비포장길이 대부분인 캄보디아 시골 학교의 교육 현장에서 여성 교사로서 겪는 고난과 헌신을 너무나도 극명하게 잘 보여주고 있었습니다. 진흙탕에 오토바이가 빠지면 남자인 저도 끌어내기 어려운데 1년 가운데 반이나 해당하는 우기 때에 매일 매일 이와 같은 상황에 처해야 한다면 하던 일도 그만두고 싶은 마음이 간절할 것입니다. 그렇지만 이렇게 척박한 환경 속에서도 학생들을 가르쳐야 한다는 사명감을 잃지 않고 출근하는 여선생님들의 모습은 그 자체로 아름답고 헌신적인 교사의 참모습 같았습니다.

야자나무

함께 가자 우리 이 길을
셋이라면 더욱 좋고
둘이라도 함께 가자
가다 못 가면 쉬었다 가자
아픈 다리 서로 기대며
- 김남주, 〈함께 가자 우리 이 길을〉

1960년대 후반, 세계는 선진국과 저개발국 간의 격차가 커져만 갔으므로 유엔은 세계에서 가장 취약한 국가들에 대하여 특별한 관심이 필요하다는 문제를 제기했습니다. 그때 최빈개발도상국 (Least Developed Countries, LDCs)이라는 용어가 등장하게 되었습니다. 이 용어는 단지 국가의 가난만을 의미하는 것이 아니라, 국가의 구조적 취약성을 포괄적으로 설명하는 상징이었습니다. 1인당 국민소득이 900$ 미만, 낮은 교육 수준, 높은 성인 문맹률, 낮은 평균수명 등의 요소들이 이 국가들을 특징짓습니다. 마치 황무지에 심어진 나무가 척박한 토양 속에서도 자라나기 위해 발버둥치듯, 이러한 나라들은 극복하기 어려운 경제적, 사회적 도전에 직면해 있었습니다.

캄보디아는 2009년 당시에는 1인당 소득이 458$에 불과했으며, 교육 수준이 낮고 문맹률이 높은 것은 물론, 평균수명도 짧아 당연히 세계 최빈국 중 하나로 손꼽히고 있었습니다. 우리는 뽀디봉 마을에서 빈곤의 무게를 직접 눈으로 확인하며, 그들의 삶을 조금이라도 돕기 위해 최선을 다하고 있었습니다만 작은 비영리단체로서, 우리가 무엇을 더 지원하고 어떤 방식으로 그들을 돕는 것이 가장 효율적일지를 고민하는 일은 마치 광활한 사막에 떨어진 작은 전구 하나를 찾아 헤매는 것과도 같았습니다. 희미한 불빛을 찾고자 애쓰지만, 사방은 끝도 없는 모래밭이었고, 그 속에서 우리가 할 수 있는 것은 정말 작은 씨앗을 심는 일에 불과했습니다. 그렇다고 해서 아무것도 하지 않고 포기할 수는 없었습니다. 그래서 다른 국제 NGO들이 어떻게 최빈국의 땅에서 작은 변화를 일구고 있는지 살펴보기 시작했습니다.

"물고기를 주기보다는 물고기 잡는 법을 가르치자"는 철학을 바탕으로 설립된 '헤퍼 인터내셔널'(Heifer International)은 그 철학을 실제로 전 세계에 적용해 왔습니다. 1944년 설립 이후, 헤퍼 인너내셔널은 세계 125개국에서 지역사회에 가축을 제공하고 지속 가능한 농업과 목축업 기술을 전수함으로써 각 가정이 경제적으로 자립할 수 있도록 돕고 있었습니다. "한 가정이 자립하면, 그 변화는 세대를 거쳐 이어진다"는 말이 있습니다. 가축을 통해 단순한 생존을 넘어선 자립의 기회를 제공하며, 빈곤에서 벗어날 수 있도록 지원하는 이 작업은 정말로 중요한 일로 보였습니다.

우간다의 빈곤 지역에서는 양계업이 성공적인 모델로 자리 잡은 사례도 있었습니다. 양계업은 초기 비용이 적고, 닭을 기르며 달걀과 고기를 생산해 지속적인 수익을 창출해 내는 많은 이점이 있는 프로젝트였습니다. 케냐의 '마타이'가 설립한 '그린벨트 운동'은 또 다른 성공 사례입니다. 이 운동은 '나무 심기'를 통해 환경을 복원하는 동시에 생계를 개선하는 모델로 발전했습니다. 나무를 심고 관리하는 과정에서 여성들은 장기적으로 농업 생산성을 높였고, 나무에서 얻은 자원은 경제적 혜택으로 이어졌습니다.

"아, 그렇다면 우리는 이곳에 나무를 심자!"

처음에는 다른 NGO들이 성공적으로 진행한 것처럼 오리, 돼지, 닭 등의 가축을 길러 농가 수익을 높이는 방법을 생각했습니다만 그 계획은 시작조차 할 수 없는 상황이었습니다. 이곳은 물이 절대적으로 부족한 지역이었고, 사람들도 식량이 부족한데, 가축에게 줄 사료와 물을 만든다는 것은 꿈같은 이야기였습니다. 더욱이 전기도 없었기에 가축 사육은 현실적으로 불가능한 일이었습니다.

이곳에 필요한 것은 가축이 아니라, 나무였습니다. 캄보디아는 열대의 나라입니다. 이곳의 기후와 토양은 코코넛, 망고, 바나나 같은 열대 과일나무들이 매우 잘 자랄 수 있는 조건을 가지고 있었습니다. 그리고 1만 평의 학교 땅에는 쓰레기만 널려 있을 뿐, 그늘을 제공할 한 그루의 나무조차 없는 황량한 땅이었습니다.

"나무를 심으면 이 모든 문제를 해결할 수 있다."

열대 과일나무들은 학교의 재정 자립을 도울 뿐만 아니라 조경 효과를 내는 등 학교의 경제적 자원이 될 수 있었습니다. 더 나아가, 나무들은 자라서 학생들에게 '나무 그늘'을 제공하고, 그 아래에서 함께 도란도란 이야기를 나누며 책을 읽는 예쁜 공간이 될 수 있었습니다. 이런 생각이 들자 '나무를 심는 일'은 단지 땅을 채우는 것이 아니라, 이 땅에 '희망과 미래를 심는 일'이라는 결론에 도달했습니다.

과일나무 심기

저 푸른 들판을 보라.
얼마나 아름다운가.
들판을 푸르게 하는 것은
잘난 장미도 백합도 아니다.
- 이문조, 《들판을 푸르게 하는 것은 잡초다》 중에서

2014년 2월 20일.

캄보디아 대학생 봉사단은 두 번째로 이 마을을 방문했습니다. 한국의 수레꾼 봉사단은 세 번째 방문이었습니다. 그리고 이번 봉사에는 캄보디아 대학생 15명이 함께 했습니다. 장학생 수가 이렇게 늘어난 데는 장연수님의 간절한 요청 때문이었습니다.

"서암님! 장학생을 다섯 명만 더 충원하면 안 될까요?"

그때 저는 이미 열 명의 장학금을 마련하느라 힘에 부쳐 있었던 터라, 뜻밖의 제안에 잠시 당황했습니다.

"네?" 하고 다시 되물었을 때, 장연수님은 잠시 머뭇거리며 그 이유를 설명했습니다.

"프놈펜에서 이곳까지 오려면 큰 버스를 대절해야 하는데, 열 명만 타고 오기에는 조금…. 비효율적이라서요."

2014년 나무를 심기 시작하자 즐거워하는 아이들

『자비를 나르는 수레』 오지에서 끌다

그의 말이 완전히 이해되었습니다. 커다란 버스에 열 명만 달랑 타고 오는 것은 큰 낭비처럼 느껴졌을 수 있었으니 말입니다. 하지만 열다섯 명의 장학금을 마련하는 일은 쉽지 않아 섣불리 약속할 수 없었습니다. 당시 수레꾼 회원이었던 박세동님(현재 수레꾼 회장)에게 이러한 어려운 사정을 말씀드렸더니 뜻밖에도 선선하게 '오케이' 하시면서 본인이 해보겠다는 것이었습니다.

본인께서 다섯 명의 장학금을 어떻게든 마련하겠다고 하시니 그 순간, 마치 무거운 짐을 내려놓은 것 같아 기분이 날아갈 듯했습니다. 이렇게 해서 장학생 수가 15명으로 늘어났고, 이번에 그 학생들이 '나무 심기 첫 봉사'에 함께 참여하게 된 것입니다. 대학생들은 프놈펜에 모여서 모든 봉사 일정과 프로그램을 계획하고 진행했습니다. 이렇게 잘 짜인 계획을 갖고 각 교실에 들어간 대학생들은 놀랍게도 아이들을 능숙하게 통솔하며, 아이들과 함께 웃고 뛰놀았습니다. 그 모습이 참 대견스럽고 사랑스럽기까지 했습니다.

우리는 가져온 나무를 심기 시작했습니다. 나무는 가성비가 좋은 코코넛과 망고를 중심으로 심었습니다. 그러나 나무를 심기 전에, 먼저 해야 할 일이 있었습니다. 전교생을 동원해 학교 운동장에 널려 있는 쓰레기를 치우는 일이었습니다. 쓰레기는 많아도 너무 많았습니다. 후진국의 나라들이 공통적으로 안고 있는 문제는 늘 쓰레기였습니다. 이곳에도 여지없이 쓰레기에 대한 무신경함이 일상에 깊이 배어있었습니다.

문득, 옛 시절의 한국이 떠올랐습니다. 우리나라의 70년대는 버스 안에서도 담배를 피울 수 있었고, 창밖으로 침을 뱉는 사람들도 흔했으며, 길거리를 다니면서 쓰레기와 담배꽁초를 아무 데나 버리는 사람들은 지천으로 볼 수 있었습니다. 초등학교 다닐 때도, 중학교를 다닐 때도, 학교 운동장에 있는 쓰레기들을 전교생이 치우는 일은 다반사였습니다. 그러니 학교 교사들을 비난하기보다는 쓰레기를 치우는 습관부터 하나씩 바꿔나가는 것이 우선적인 일이라는 생각이 들었습니다.

아침이 되면 대학생들은 초등학교 어린이들과 손에 손을 잡고 쓰레기를 치웠습니다. 그런 다음 야자나무를 심기 시작했습니다. 이미 지난해, 장연수님이 우물을 파기 위해 방문했을 때 중학교 앞마당에 망고나무 묘목 50그루를 심은 바 있었으나, 이번에는 씨엠립에서 망고나무, 코코넛나무, 바나나나무 묘목 200그루를 가져와서 심었습니다. 이 나무들은 4~5년 후면 학교에 넓은 그늘을 제공하며, 아이들에게 달콤한 열대 과일을 선물할 것입니다. 망고나무는 캄보디아에서 가장 흔한 대중적인 나무로 물을 충분히 주기만 한다면 잘 자랄 거라는 기대도 있었습니다.

학교 울타리를 따라 나무들을 심고, 운동장 곳곳과 초등학교와 중학교 교실 앞마당에도 나무를 심었습니다. 땅을 파고 나무를 심는 일, 심은 나무에 물을 주는 과정이 몹시 고되었습니다. 양동이로 물을 퍼서 날라야 했으나, 나무 한 그루에 한 동이의 물은 너무나 부족했기 때문에 여러 번 물을 나르며 힘을 쏟아야 했습니다. 게다가 뜨거운 햇빛, 그리고 우물과 나무와 거리가 너무 먼 까닭에 매우 힘이 들었지만 우리 대학생들과 어린 초등학생들과 중학생들은 남녀를 가리지 않고 모두 열심히 일했습니다. 그들의 얼굴에 땀방울이 맺힌 모습을 보며 한편으로는 애틋했지만, 한편으로는 대견했습니다. 물 양동이를 나르는 작은 손들은 희망을 심고 있는 예쁜 손들이었습니다.

학교 자립을 위한 나무 심기의 첫 번째 기획이 성공하기를 간절히 바라며 오늘 심은 나무들이 뿌리를 내리고, 언젠가는 거대한 그늘과 풍성한 열매를 열리는 그날을 상상해 보며 다음 해를 기약하면서 봉사 일정을 마치고 학생들은 프놈펜으로 돌아갔습니다.

교과서도 없고

만약
우리가 할 수 있는 일을
모두 한다면
우리들은 우리 자신에 대해
깜짝 놀랄 것이다.
- 에디슨

해가 바뀌어 2015년이 되었습니다. 그동안 수레꾼은 국내에서도 여러 활동을 이어왔습니다. 매달 한 번씩 운영회의를 빠짐없이 열었으며 연말에는 '수레꾼 감사의 밤'을 열어 회원들과 함께 그동안의 활동을 돌아보고, 음악회를 개최하며 감사의 인사를 전하는 자리도 마련했습니다. 또 국내에 결혼하여 한국으로 온 다문화 가정을 위한 요리 봉사도 꾸준히 이어왔습니다. 그리고 2015년 여름, 다시 뽀디봉 마을을 찾았습니다. 이번에도 열다섯 명의 수레꾼 장학생들과 함께 나무를 심기 위해 떠났습니다.

초등학교 설립으로부터 시작된 수레꾼과의 인연은 우물 파는 일과 중학교 세우는 일로 이어졌으며, 캄보디아 대학생에게 장학금을 주는 장학사업으로 확장되었고, 이제는 학교 자립을 위한 나무 심기로 이어져, 이곳에서 자라날 열매와 그늘이 학교의 새로

2015년 교과서가 없는 전교생들에게 나누어주기 위해
교과서를 고르고 있는 티잉 힘 선생님

운 희망이 되었습니다. 그 사이, 인근 다섯 개 초등학교의 학생들
이 뽀디봉 중학교로 진학할 신입생 숫자가 벌써 104명에 이른다
는 소식이 전해져 왔습니다. 초등학교를 세운 지 5년, 중학교는 3
년째에 접어드는 이때, 교실 부족으로 큰 걱정거리를 안게 되었습
니다.

늘어나는 학생들이 판자 교실에서 수업

교무실에서는 미취학 아동들을 교육하고

온갖 공사 자재들로 가득 차 교무실이라 부르기도 민망한 초등
학교 교무실에서는, 미진학 아동들이 모여 공부하고 있었습니다.
중학교의 사정도 다르지 않았습니다. 교사들은 학생들에게 교무실을 내어주고, 허름한 판자 건물에서 교무 업무를 보고 있었습니다. 학교는 시간이 지남에 따라 학생 수가 늘어가고 있었지만, 학습 교재나 학생들을 수용할 공간이 벌써 부족해져 딱하기 이를 데 없었습니다. 다행인 것은 캄보디아 정부로부터 공립학교로 인정받아, 교사들의 월급은 지급되고 있었지만, 학교 운영을 위한 자금 지원은 전혀 없었습니다.

또한 교사들에게는 교과서가 있었지만, 학생들은 교과서도 없이 수업을 받고 있었고, 그 모습을 지켜보는 마음은 커다란 돌덩이를 안은 듯 몹시 무거웠습니다. 뿐만 아니라 초등학교와 중학교의 약 900명에 달하는 학생들이 사용할 수 있는 우물은 고작 두 개에 불과했고, 손을 씻거나 얼굴을 닦을 수 있는 세면 시설이 갖춰지지 않은 학교 상황은 참으로 열악했습니다.

티잉 힘 중학교 선생님에게 말했습니다.
"썸라옹에 교과서를 살 수 있는 곳이 있어요?"
"네, 시장에 가면 교과서를 살 수 있어요."
"그러면 모두 같이 갑시다."

그렇게 해서 초등학교 교장과 중학교 교장, 그리고 꼭찬리 교장과 함께 썸라옹 시장 문구점에 가서 초등학교 전교생과 중학생 전교생 그리고 꼭찬리 초등학교 전교생에게 줄 교과서를 사서 아이들에게 나누어줬습니다. 나중에 안 사실이지만 이 교과서는 학생

들이 집으로 갖고 가는 것이 아니라 다음 학년에게 물려 주어야
하기 때문에 개인이 가질 수 없다는 것이었습니다. 또 한 번 충격
이었습니다.

"아, 끝이 없구나! 이 가난은…."

열심히 나무 묘목 250주를 심고 돌아왔으나 부족한 교실을 해
결하려면 산 넘고 또 물을 건너야 했습니다. 2부제로 운영하고 있
는 초등학교에서도 비가 올 때는 비가 들이치고, 바람이 불 때는
먼지가 가득한 채로 판자로 얼기설기 엮은 야외교실에서 공부를
하고 있었으며, 이러한 사정은 중학교도 마찬가지였습니다. 부족
한 교실 문제를 해결하려면 또 건물을 지어야 하는데 그러기에는
너무나 빠듯한 수레꾼의 재정이었습니다.

전기 없는 마을

꿈을 붙잡으세요.
꿈이 사라지면
날아갈 수 없습니다.
- 랭스턴 휴즈, 《꿈》 중에서

뽀디봉 마을에는 전기가 없습니다. 물론 학교에도 전기가 없습니다. 캄보디아는 전기 보급률이 매우 낮고, 설령 전기가 들어온다 해도 그 비용은 무척 비쌉니다. 그 까닭은 전기를 자급자족하지 못하고 태국과 베트남 같은 이웃 국가로부터 수입해야 했기 때문입니다. 캄보디아의 기본 물가는 저렴하지만, 전기처럼 해외에 의존하는 상품은 가격이 매우 높습니다. 그러나 전기료가 아무리 높다 하더라도 그 어디에서도 전기를 찾으려 해도 찾을 수 없는 뽀디봉 마을이었습니다. 비가 오는 날이면, 어둠이 짙게 깔린 교실 속에서 아이들은 눈을 가늘게 뜨고 글자를 따라가며 공부를 이어갑니다. 어두운 교실에서 공부를 하고 있는 아이들의 모습은 참으로 안쓰럽기 짝이 없습니다. 더 공부하고 싶어도 학교에 남아 있을 수 없었습니다. 해만 지면 학교는 깜깜한 암흑이 되고 맙니다.

사정이 이런데 만약 수레꾼이 학교만 짓고 후속 지원을 계속하지 않았다면, 이 마을과 학교는 어떻게 되었을까요? 아마도 초기 목표인 문맹 퇴치에 그쳤을 것이고, 학교의 진정한 발전은 기대할 수 없었을 것입니다. 학교는 그저 허울뿐인 건물로 남아, 피어나는 새싹들은 미처 자라지도 못한 채 힘없이 시들어 버렸을지도 모를 일입니다.

프놈펜에서 열리고 있던 장학생들의 세미나에 참석했을 때의 이야기입니다. 당시 한국 국제협력단(KOICA)의 캄보디아 지사장으로 계셨던 백숙희님을 만나게 되었습니다. 장학생들을 위한 세미나에 강사로 초빙된 백 지사장님은 수레꾼 장학생들을 위한 세미나 강연에서 이렇게 말씀하셨습니다.

"저는 세계의 많은 NGO 단체들을 알고 있습니다. 그리고 또 한국의 국제 NGO 단체들도 많이 알고 있습니다. 그런데 작은 비영리단체임에도 불구하고 한 지역에 지속적으로 지원하고, 직접적으로 도움을 주는 단체는 오직 수레꾼뿐이라고 자신있게 말씀드릴 수 있습니다. 설립한 학교를 지속적으로 지원하고, 또 현지 지역의 대학생들에게 장학금을 제공하고, 함께 봉사활동을 하며 모든 비용을 부담하는 단체는 정말로 드뭅니다. 수레꾼의 활동은 정말 놀라울 정도입니다."

코이카 지사장님의 칭찬을 들으면서 오래전 우물 지원을 요청

2015년 전기를 사용할 수 있도록 배터리를 기증

하기 위해 한국의 코이카 본사를 찾았던 기억이 떠올랐습니다. 우물 지원을 위해 노력했지만 무산되고 말았던 그때의 일화를 지사장님께 들려드렸습니다. 그런데 모임이 끝나 서로 헤어지면서 지사장님이 제게 다가와 귓속말로 "저 그때의 그 과장이었어요" 하

며 웃으셨습니다. 나도 깜짝 놀라며 크게 웃었습니다. 재회의 장소
가 캄보디아 프놈펜에서라니 참 재미난 재회가 아닐 수 없었습니
다. 처음 우물 지원을 요청하러 코이카 본사를 찾아가 도움을 부탁
드릴 때에 만난 분이 바로 백 지사장님이었던 것이었습니다.

"우물의 성분은 조사해 보셨나요?"
"우물을 파려면 수질검사부터 하셔야 합니다. 수질검사를 하셔
서 식수에 적합하다는 판정을 받고 그 자료를 갖고 오시면 그때
다시 논의하도록 하시죠."
"개발도상국이나 빈민국 사람들을 후원하시려면 공부를 많이
하셔야 해요."

그날 이후, 정말 공부를 많이 했습니다. 학교를 지은 지 8년째가
되면서 수레꾼은 나무 심기 이어가기 프로젝트뿐만 아니라 교실
도 추가로 새로 지어야 했고, 전기 문제도 해결해야 했습니다. 전
기가 없으면 더위를 식힐 선풍기조차 틀 수 없고, 교재를 만들 컴
퓨터를 사용할 수 없으며, 아이들에게 나누어줄 프린트물도 제공
할 수 없는 상황이 이어질 것입니다. 전기의 부재는 단순한 불편함
을 넘어, 교육과 일상 속에서 반드시 성사시켜야 할 큰 과제였습
니다.

쏘리야 교장이 이렇게 말했습니다.

2015년 태양광 발전기 기증

"시장에 가면 태양열판을 살 수 있어요!"

"얼마죠?"

"80$이면 한 세트를 살 수 있어요."

이렇게 해서 급한 대로 초등학교에 전기 발전기 한 대를 사고, 초등학교와 중학교 그리고 꼭찬리 초등학교에 각각 한 대씩 태양 발전기 3세트를 지원하고, 컴퓨터 한 대와 프린터 한 대를 지원하여 전기가 없는 학교에 꼭 필요한 교무 설비를 제공하는 것으로 부족한 대로 전기 문제를 해결할 수밖에 없었습니다.

약속 흔들기

건너편 풀이 더 푸른 이유가
그곳에 늘 비가 오기 때문이라면,
언제나 나누어주는 사람이
사실은 가진 것이 거의 없는 사람이라면,
- 에린 핸슨,《더 푸른 풀》중에서

장 연수님으로부터 어느 날 카톡 전화가 걸려 왔습니다.

"제가 알고 있는 큰 스님께서 운영하시는 재단에서 수레꾼이 지원하는 장학생 15명과 똑같은 숫자의 캄보디아 대학생들에게 장학금을 주겠다고 하십니다. 그리고 그 장학생 관리도 수레꾼에서 맡아 달라 하십니다."

저는 즉시 탄성이 터져 나왔습니다. 15명의 장학생이 30명으로 확대된다니, 마치 작은 물줄기가 큰 강으로 합류하듯, 수레꾼의 장학사업이 더욱 안정화되는 느낌이 들었습니다.

"그렇다면 장학생을 위한 세미나 프로그램도 포함되나요?"
"네, 그렇습니다."

그러나 한 가지 염려가 뒤따랐습니다.

"수레꾼에서 주는 장학금은 우리가 책임질 수 있지만, 그곳에서 주는 장학금이 중간에 끊어지면 어떻게 해야 하죠? 장학생들에 대한 약속을 지켜야 할 책임은 결국 우리가 져야 할 텐데요."

염려되는 것은 이뿐만이 아니었습니다. 재단에서 주겠다는 장학금은 연간 500$로, 수레꾼에서 지급하던 400$보다 100$이 더 많았습니다. 같은 학생들이 모여 세미나도 받고, 함께 봉사하게 될 텐데 장학금의 액수가 서로 차이가 난다면 학생들 간에 갈등을 불러올 것은 예견되는 일이었습니다. 하지만 장연수님은 달리 생각했습니다.

"장학금을 더 준다는데 문제가 됩니까? 한국의 대학에서도 장학금 이름에 따라 모두 액수 차이가 있지 않나요?"

그러나 아무리 생각해도 같이 모여 같이 세미나를 하고, 같은 버스를 타고 며칠씩 함께 숙박하면서 봉사하는 학생들이 받는 장학금이 서로 차이가 난다면 문제가 생길 소지가 아주 많아 보였습니다. 저는 계속해서 장학금의 균형을 맞추지 않으면 분명 문제가 생길 것이라며 액수 조정을 해달라고 부탁을 했지만, 장연수님은 조금도 굽히지 않았습니다. 하는 수 없이 "장학금을 한꺼번에 올리는 것은 어렵지만, 일단 장학금 지급액을 맞춰 주는 방법"을 찾아

보는 수밖에 없었습니다. 이렇게 해서 당시 재정 상태로는 무리였지만 수레꾼의 장학금도 500$로 인상하기로 결정하였습니다. 하지만 또 다른 문제가 남아 있었습니다.

만약 어느 날 갑자기 그 단체에서 주는 장학금이 끊어지면, 그 책임은 결국 수레꾼이 져야 했습니다. 그러한 일이 일어나지 않도록 수레꾼은 스님을 모신 재단 측과 정식으로 MOU를 맺기로 합의를 하고, 장학금을 중단하게 될 때는 최소 6개월 전에 수레꾼에 통보하고, 연차적으로 장학생 수를 줄여나가기로 하는 조항을 넣어 정식으로 서명식을 가졌습니다.

그러나 안타깝게도 두 번의 장학금 지급 후, 그 재단에서 주는 장학금 지원은 불시에 중단되고 말았습니다. 수레꾼은 갑자기 30명의 장학생을 책임지게 되었지만, 그 어떤 학생도 소홀히 할 수 없었습니다. 그때 재단에서 의뢰해서 들어왔던 학생 가운데 프놈펜 왕립대학교 국어과의 완니(Vanny) 학생이 있었습니다. 재단에서 그에게 지급하는 장학금은 중단되었으나 수레꾼은 한 번 장학생으로 선정되면 졸업할 때까지 중단하지 않는다는 것을 전제로 했기 때문에 힘에 겨웠지만 장학금 지급을 계속 이어갔습니다.

그 후 완니가 한국에서 교환학생으로 공부하게 되었을 때도 그의 한국행 항공권 구입 전액을 지원하고, 이후 전북대학교에서 정식으로 행정학 석사를 마칠 때까지 후원을 아끼지 않았습니다. 만약 수레꾼이 그 학생들을 포기하고 말았다면 완니 같은 성과는 언을 수 없었을 것입니다.

장학사업은 씨앗을 심고 가꾸는 일과 같습니다. 씨앗을 심는 것도 중요하지만, 씨앗을 자라게 하고 열매를 맺기까지 꾸준히 물을 주고 가꾸고 돌보는 일이야말로 진정한 장학사업의 본질일 것입니다. 약속하면 지키는 것은 수레꾼의 슬로건이기도 했습니다.

무료 한국어 교육

봉오리는
모든 만물에 있다.
꽃을 피우지 않는 것에게도.
〈골웨이 키넬 봉오리〉

거친 광야에 홀로 선 사람이 집으로 돌아갈 수 있는 방법을 전혀 찾을 수 없다면 그것은 절망의 상태에 놓여있다고 볼 수 있습니다. 그러나 한줄기 가느다란 빛이라도 있어서 그 빛을 따라 출구를 확인하고 그곳을 향해 나아갈 방법이 있다면 우리는 그것을 희망이라고 부릅니다. 캄보디아는 희망과 절망이 교차하는 땅입니다. 수레꾼은 장학생들과 함께 봉사를 다니면서 시골 출신인 그들이 고향을 떠나 프놈펜에서 대학생활을 하는데 필요한 한 달 생활비가 책값 포함하여 임대비, 식비 모두 합해서 60$에서 100$이라는 사실을 알게 되었습니다. 이들은 방 한 칸을 적게는 네 명, 많게는 열 명이 임대료를 나누어가며 대학생활을 이어가고 있었습니다. 수레꾼은 이 학생들에게 희망이 되어주어야 했습니다.

그래서 2013년 8월, 프놈펜에 수레꾼 사무실을 개설하고 가난한 학생들과 캄보디아 승려들을 위한 한국어 강습을 시작했습니다. 캄보디아 사람들에게 한국행 비자를 받는 일은 별 따기와 같습니다. 2024년 기준으로 한국에서 근로자로 일하고 있는 캄보디아인은 약 49,240명에 이르며, 그중 남성은 32,939명, 여성은 16,301명으로 통계청 자료에 나타납니다. 하지만 그들이 한국에 도착하기까지 겪어야 하는 어려움은 단순히 숫자로 설명할 수 없는 장벽을 넘는 일인데 그 당시는 말할 것도 없었습니다.

한국행 비자를 받기 위해 캄보디아 청년들이 부딪히는 첫 번째 장벽은 불법 체류에 대한 우려입니다. 한국 정부는 불법 체류 문제에 매우 민감하며, 캄보디아를 포함한 개발도상국 출신 사람들에 대해 매우 엄격한 비자 심사를 요구하고 있습니다. 실제로 한국에 입국한 일부 사람들이 비자를 받지 않고 불법으로 체류하거나 일하는 사례가 많았기 때문에, 한국 관광 비자나 단기 체류 비자의 거부율이 매우 높습니다. 비자를 신청할 때 재정 증명, 은행 잔고 증명서, 소득 증명서와 같은 서류를 제출해야 하지만, 경제적으로 어려운 가정이 많아 이를 충족하기가 매우 어렵습니다. 이러한 재정적 조건을 입증하지 못할 경우 비자는 거의 거부될 확률이 높습니다.

이렇듯 한국행을 꿈꾸는 캄보디아 청년들이 비자를 받는다는 것은 그들의 희망과 절망이 얽힌 긴 여정입니다. 절차를 완수하고 나아갈 길이 있는 한, 그들의 희망은 계속 빛나겠지만, 그 길이 만만치 않습니다. 그 가운데 가장 어려운 일은 한국어 시험에 합격하는 것입니다. 영어 토플처럼 한국어 레벨 시험을 통과해야 합니다. 한국의 근로자로 취업하는 것을 목표로 삼고 있는 캄보디아 청년들에게 장연수님이 프놈펜에서 실시하는 한국어 무료 교육은 캄보디아 청년들이 갖고 있는 희망의 빛상자를 열 수 있는 황금열쇠를 얻는 것과 같았으며, 넘을 수 없는 벽을 넘는 일이었습니다.

장연수님은 국문학과를 졸업하고 고등학교에서 교사로 근무한 경력이 있어, 한국어 교사로서 매우 적합했습니다. 그는 한국어 교사라는 자신의 배경과 할애할 수 있는 모든 시간을 동원하여 캄보디아의 학생들과 승려들에게 큰 도움을 주었습니다. 수레꾼은 프놈펜에서의 장연수님의 활동을 더욱 공고히 하기 위해 캄보디아 외교부에 국제 NGO로 등록 신청을 하여, 수레꾼을 국제 NGO로 공식 승인받는 성과도 거두었습니다. 이를 통해 단순히 학교를 짓고 돕는 봉사활동에서 벗어나, 캄보디아 내에서 지속적인 교육 지원과 한국어 교육을 제공하는 국제적 단체로 성장할 수 있는 발판을 마련하기 시작했습니다.

장연수

바람과 비에 젖으며
꽃잎 따듯하게 피웠나니
- 도종환, 〈흔들리며 피는 꽃〉 중에서

그와 처음 만난 것은 2010년 가을이었습니다. 그는 키가 컸으며, 웃을 때는 조용하게 웃고, 말은 천천히 하면서도 한 마디 한 마디에 남다른 깊이가 느껴졌습니다. 무엇보다도 그의 말 속에는 다른 사람을 배려하려는 마음이 자연스럽게 배어 있었습니다. 남의 이야기를 진지하게 들어주며 때때로 공감하는 모습에서 두 아들을 키우며 캄보디아에서 봉사를 실천하고 있는 그의 진심이 예사롭게 느껴지지 않았습니다. 그는 한마디로 매우 섬세한 성격의 사람이었으며 실천하는 사람이었습니다.

그동안 그와 함께 지낸 시간이 벌써 5년이 지나고 있었습니다. 해마다 어김없이 만났고, 한국에 돌아온 후에도 메일과 카톡을 주고받으며 서로의 생각을 나누고, 진행 중인 일들에 대해 끊임없이 논의했습니다. 제 일상은 비록 한국에서 이어지고 있었지만, 마음

2015년 장연수님

은 늘 캄보디아 뽀디봉 마을에 가 있었습니다. 우물을 파고, 초등
학교와 중학교에 필요한 교육 자재를 지원하며, 장학생들을 효율
적으로 관리하는 일에 온 마음을 쏟았습니다.

장연수님은 프놈펜에서 수레꾼 지부 사무실을 열어, 가난한 학
생들에게 한국어를 가르치며 그들의 삶에 중요한 변화를 만들어
가고 있었습니다. 그는 뽀디봉 마을뿐만 아니라 쫑산 초등학교를
비롯한 여러 학교에 교과서와 공책을 지원하고 있었습니다.

어느 날 문득, 그에게 묻고 싶어졌습니다.

"어떻게 해서 캄보디아에 오게 되신 것이지요?"

봉사단을 이끌고 뽀디봉 마을로 갈 때, 우리는 늘 같은 방을 썼습니다. 아침이 되면 그는 조용히 명상에 잠겼고, 저도 함께 명상을 했습니다. 그는 예의 그 잔잔한 미소를 지으면서 이렇게 답했습니다.

"바라밀을 실천하고 싶어서요."

"아, 바라밀!"

바라밀(婆羅蜜)이란 말을 처음 들으신 분들은 매우 생소할 것이나 대승불교가 중심인 한국 불교의 사상적 중심에는 바라밀이 깊게 자리 잡고 있습니다. 바라밀이라는 말은 고대 인도어 파라미타(pāramitā)에서 유래된 것으로, 중국에서는 이를 음역하여 바라밀 혹은 바라밀다라고 부르게 되었습니다. 대승불교에서 중요하게 여기는 경전 중에 하나인《반야심경》의 원래 제목도 '마하 반야바라밀다 심경'이며,《금강경》역시 원제목이 '금강 반야바라밀'인 것으로 미루어보면 이 바라밀 사상이 대승불교에서 얼마나 중요한 의미를 갖고 있는지 쉽게 짐작할 수 있습니다.

그러나 바라밀은 머리로 이해하는 것으로는 그 의미를 다하지 못합니다. 바라밀은 실천의 가르침입니다. 실제 삶 속에서 바라밀이 구현될 때 진정한 가치가 발휘되는 삶을 향한 자비로운 손길입니다. 바라밀은 씨앗과 같아서, 자체로는 결코 꽃을 피우지 못합니다. 물을 주고, 빛을 받아야 비로소 나무로 자라나 꽃을 피우고 열매를 맺습니다.

　2015년의 어느 날 아침이었습니다. 장학생들과 함께 봉사활동을 하러 떠난 길에 아침에 눈을 떠보니, 그가 화장실에 서서 고통을 참고 있었습니다. 그의 얼굴엔 그동안 보지 못했던 고통의 흔적이 서려 있었고, 그가 남긴 소변은 벌겋게 물들어 있었습니다. 다

2015년 왼쪽에서부터 티잉 힘(현 중학교 교장), 껌 싸룬(마을대표),
그리고 장연수(맨 오른쪽)

량의 혈액이 섞인 소변을 보며 몹시 충격을 받았습니다. 결국 그는 봉사 일정을 마저 끝내지 못한 채, 아픔을 억누르며 프놈펜으로 돌아갈 수밖에 없었습니다. 그러나 그 후에도 그는 멈추지 않고 프놈펜에서 무료로 한국어를 가르치는 일을 이어가고 있었습니다. 다음 해, 저는 더 이상 미룰 수 없다는 생각에 무작정 프놈펜으로 향했습니다. 그리고 그를 만난 자리에서 단호하게 말했습니다.

"빨리 한국으로 오세요. 정확한 진단을 받아야 합니다. 만약 한국으로 돌아오지 않으면, 저도 수레꾼 활동을 그만두겠습니다. 좋은 일도 건강해야 지속할 수 있습니다. 건강을 잃으면 이 모든 일을 감당할 수 없어요."

제 말은 단순한 권유가 아니었습니다. 저도 결심을 굳혔고, 박 대표님에게도 제 마음을 전했습니다. 결국 그는 제 권유를 받아들여 한국으로 돌아왔고, 진단의 결과를 받았을 때 우리는 모두 충격에 빠졌습니다. 방광암이란 무거운 진단이 내려졌기 때문입니다.

2016년

3부

새 전환의 순간

진정한 여행은
새로운 것을 찾는 것이 아니라
새로운 시야를 찾는 것이다

심고 심어도

희망은
깃털을 가진 거예요.
마음속 그 횃대들
그리고 말 없는 곡조의 노래들
그리고 결코 멈추지 않는
- 에밀리 디킨슨, 《희망은 깃털을 가진 거예요》 중에서

2016년, 해마다 진행되는 장학생들과 함께하는 뽀디봉 마을 봉사활동이 다시 시작되었습니다. 올해는 예년과 달리 참가한 학생들이 어느 때보다 많았습니다. 예기치 않게 지급이 중단된 타 재단의 장학생들이 수레꾼의 장학생으로 흡수되면서, 학생 수가 늘어났기 때문입니다. 가정 사정이나 시험 때문에 참가하지 못한 학생들도 있었지만, 졸업한 학생들까지 포함해 총 27명의 장학생들이 이번 봉사에 함께할 수 있었습니다.

이렇게 많은 숫자의 장학생들을 무리 없이 떠안을 수 있었던 것은 미리 대비해 둔 장학금 관리 시스템 덕분이었습니다. 장학금을 지급하기 위한 통장을 별도로 만들어 두고, 차질 없는 등록금 지급을 위하여 총 지급액보다 두 배 이상의 잔액을 유지해 온 것이 주효했습니다. 덕분에 예기치 않게 늘어난 장학생들도 큰 어려움 없이 지원할 수 있었습니다. 만약 이런 대비가 없었다면 장학사업에

2016년의 학생들

큰 차질이 생겼을지도 모를 일이었으나, 미리 준비한 덕분에 큰 어려움을 피할 수 있었습니다.

처음 10명으로 시작한 대학생 봉사활동은 시간이 흐를수록 그 규모가 자연스럽게 커졌습니다. 더구나 대학을 졸업한 졸업생들까지 함께하는 모습을 보니, 작은 씨앗이 땅에 뿌려져 점차 싹이

터서 큰 나무로 자라는 듯한 뿌듯함을 느꼈습니다. 장학사업이 처음 시작될 때는 그 성공을 보장할 수 없는 불확실한 여정이었지만 시간이 흐를수록 뿌리를 깊게 내려 큰 나무로 성장하고 있었습니다.

11월 27일, 우리는 아침 일찍 프놈펜을 출발했습니다. 캄보디아의 11월은 긴 우기를 끝내고 건기가 막 시작되는 시기여서 하늘은 쾌청하고 가끔씩 시원한 바람이 부는 계절입니다. 그렇다고 하더라도 30도의 열대의 날씨는 여전히 덥습니다. 버스를 타고 가는 동안 서로 자기소개도 하고, 노래를 부르며 깜퐁톰을 지나고, 씨엠립을 지나고, 목적지인 썸라옹에 도착했습니다. 이렇게 자유스러운 학생들을 보고 있으면 무척 기쁘고 즐거웠으나 암 투병으로 장연수님이 함께하지 못한다는 생각이 들자 무척 허전하고 쓸쓸했습니다. 그의 빈자리는 날이 갈수록 깊은 그늘로 변해갔습니다.

학교는 바라는 대로 공립으로 전환되었지만, 캄보디아 정부는 전국의 모든 학교를 재정적으로 지원할 여력이 없었습니다. 쥐꼬리만한 교사들의 급여도 겨우 지급하는 정도였기에, 뽀디봉 초등학교와 중학교는 자체적으로 재정을 자립하는 일이 시급했습니다. 이를 위해 수레꾼은 3년째 망고나무, 코코넛나무, 그리고 바나나나무 묘목을 심고 또 심었습니다. 망고 묘목은 다른 과일에 비해 약간 비쌌고, 코코넛 묘목은 그보다도 더 비쌌습니다. 한 그루당

2$에서 5$에 달하는 묘목을 총 500주 구입했고, 씨엠립에서 묘목을 구입해 버스에 싣고 학교까지 옮겼습니다.

그러나 문제가 생겼습니다. 나무들이 상당히 많이 죽어갔던 것입니다. 이 광경을 본 박 대표님은 실망을 해서 "이렇게 죽일 거면 왜 나무를 심느냐"고 탄식했습니다. 하지만 나중에 밝혀진 진짜 문제는 물이었습니다. 우리가 봉사활동을 하러 갔던 시기가 늘 우기를 지난 건기였던 탓에, 충분한 물을 공급하지 못한 것이 그 원인이었습니다. 캄보디아는 대개 5월부터 우기에 접어 들어가고 10월까지 우기에 속합니다. 그러나 우리가 봉사를 간 시기는 대부분 건기였습니다. 초등학교와 중학교에 각각 우물이 하나밖에 없고 특히 건기 때에는 우물의 물도 말라버려서 나무에 물을 줄 수 없었던 것이었습니다. 물이 제대로 공급되지 못한 나무들은 6개월 동안 건기로 이어지는 뜨거운 햇빛 아래 정상적으로 자랄 수 없었던 것이었습니다. 아무리 좋은 의도로 나무를 심어도, 물 없는 땅에서는 나무가 자랄 수 없었던 것이었습니다.

우물 사정도 마찬가지였습니다. 마을의 우물을 2016년까지 모두 37개나 팠습니다. 우물을 파고 매년 이곳에 갈 때마다 우물을 점검하러 다니면서 물이 깨끗한지 아닌지를 살펴보았습니다. 대부분의 우물은 맑은 물을 유지하고 있었지만, 몇몇 우물은 흙탕물이 되어버렸고, 몇몇 개의 우물은 물이 완전히 말라버린 곳도 있었습니다. 저는 마을 이장을 불러 불만을 토로했습니다. 그도 그럴 것이 많은 분들이 귀한 후원금을 모아 주었고 그 돈으로 먼 거리를 달려와 수년에 걸쳐 판 우물이 보람도 없이 물 관리가 되지 않는다는 것은 이해할 수 없는 일이었기 때문입니다.

"이렇게 우물 관리를 못하면 다음부터는 우물을 파지 않을 것입니다. 그러니 반드시 우물을 잘 관리하세요."

그러나 그 말을 했던 순간이 떠오를 때마다, 후회를 금할 수 없었습니다. 시골로 귀농 후 지하수에 대해 공부를 하면서, 얼마나 우물의 이치를 몰랐는지를 깨달았기 때문입니다. 우리나라 지하수는 크게 두 가지로 나뉩니다. 지표수와 암반수가 그것입니다. 지표수는 지하 20m 이내에 있는 물로, 낮은 지대로 모인 물이어서 외부 오염에 취약합니다. 반면, 암반수는 지하 100m 아래의 깊은 층을 흐르는 물로, 오염되지 않고 깨끗하게 유지됩니다.

당시에 학교와 마을에 우리가 판 우물은 삽으로 파서 만든 모두 지표수 우물이었던 것입니다. 지대가 낮은 곳에 판 우물들은 대부분 물이 있었지만, 반면에 지대가 높은 곳에 판 우물들은 건기 때가 되면 물이 마르는 것이 당연한 이치였습니다. 물이 부족했던 것도, 흙탕물이 된 것도 다 지대의 높낮이 차이 때문에 일어난 일이었습니다. 이렇듯 물이 마를 수밖에 없었던 까닭은 우물에 대한 얕은 지식 부족에서 비롯된 것이었습니다. 수레꾼이 파서 만든 우물 모두가 100% 만족할 만한 물을 공급할 수 없다는 사실을 알고 난 다음, 지하 100m 아래로 팔 수 있는 대형 시추기를 어디서 구할 수 있는지 알아보았습니다. 하여, 여러 경로를 통해서 씨엠립에는 시추기가 있다고 막연히 전해 들었지만 씨엠립에서 이곳까지 그 무거운 기계를 끌고 오는 업자가 있을 리 없었습니다. 그리고 그 높은 비용을 감당할 만한 처지도 아니었습니다.

통역을 맡은 통 웽이 제게 말합니다.
"저는 꼭요, 학교를 졸업해서 돈을 많이 벌어 선생님처럼 좋은 일을 할 거예요"

이와 같은 말을 한 당시 한국어과 3학년 학생이었던 통 웽은 지금 한국에 와서 한 업체에서 열심히 일을 하고 있습니다. 저한테 말한 그 약속을 지키기 위해서….

2016년의 아이들

느린 변화

나는 최선을 다했다.
이 삶의 철학이 있다면
그것으로 충분하다.
- 임어당

변해가는 속도는 옹달샘에 물이 천천히 고여 드는 것처럼 느렸지만 학교는 점점 변해가고 있었습니다. 변화의 흔적은 운동장 곳곳에서 엿볼 수 있었습니다. 학교에 자전거를 타고 오는 학생들이 점점 늘어나고 있었고, 가끔은 오토바이를 타고 오는 학생들도 눈에 띄었습니다. 운동장 한쪽에는 물을 담아놓을 수 있는 담수 웅덩이도 만들어졌습니다. 비록 흙탕물로 한치 아래도 보이지 않는 물이었지만, 이런 물이라도 있음에 감사하게 되었습니다. 학교 울타리를 따라 심은 묘목과 교정 앞에 심어진 묘목 중 겨우 30%만이 가뭄을 견뎌내고 살아났지만, 살아남은 묘목들은 제법 나무가 되어가기 시작했습니다. 숨통이 꽉 막혔던 마을과 학교가 조금씩 나름대로 숨을 쉬고 있었습니다.

그 가운데 가장 인상적인 변화는 학교 안에 새로 생긴 매점이었

2016년

습니다. 못 쓰는 나무 몇 개로 기둥을 세우고 그 위에 지푸라기로 얼기설기 지붕을 엮어 얹은 초라한 매점이었지만 이곳에서 일어난 변화 중에 가장 두드러진 변화였습니다. 아무것도 없었던 허허벌판에 학교도 생기고, 운동장도 생기고, 학생들도 생기고, 그리고 몇 년 후에는 망고와 코코넛이 열릴 나무도 생기고, 이제 아이들이 간식을 사 먹을 수 있는 매점이 생겼다는 것은 학생들이 용돈을 받는다는 것을 뜻하며, 그들의 가정도 그 전보다 훨씬 윤택해졌다는 것을 의미하고 있었습니다.

불과 5~6년 전만 해도, 이 마을의 부모들은 어린 자녀들을 남겨두고 몇 달씩 이웃 나라인 태국으로 건너가 품팔이를 해야 했습니다. 그동안 아이들은 저들끼리 스스로 밥을 해 먹으면서 살아남아야 했고, 부모들은 타지에서 하루하루 생계를 이어가야 했습니다. 그러나 이제 마을 사람들은 임대한 땅에 벼농사 이외에 녹말의 원료가 되는 카사바(cassava)를 심어 그 뿌리를 수확하고, 이를 태국과 중국 상인들에게 팔아 약간의 수입을 올리고 있었습니다. 카사바 뿌리에는 감자 싹보다 더 독한 맹독이 있어서 직접 먹을 수 없기 때문에 가공 시설이 없는 마을 사람들은 카사바의 뿌리를 말려서 싼값으로 팔 수밖에 없었습니다. 이렇게 카사바는 헐값으로 거래되고 있었지만, 벼농사를 짓는 것보다는 훨씬 수입이 좋아서 그 덕분에 생활 형편이 조금씩 나아지고 있는 것은 분명해 보였습니다.

한때 장연수님께서 저에게 카사바 가공공장을 한 번 만들어보는 게 어떤가 하고 다소 진지하게 물어본 적이 있었지만 저는 카사바에 대해 무지했을 뿐만 아니라 수레꾼이 가공공장을 운영한다는 것은 불가능에 가까웠습니다. 그해 7월이 되어서야 겨우 중학교에도 화장실을 지을 수 있었던 형편이었으니 카사바 가공공장을 만든다는 것은 대보름달 안에 있는 토끼한테 떡을 만들어달라고 부탁하는 것처럼 멀게만 느껴졌습니다. 그도 그럴 것이 박 대표님의 지인이 후원하여 주신 덕분에 중학교를 세운 지 거의 2년이 다 되어서야 화장실이 지어질 정도였으니 그동안 학교 운동장을 가로질러서 초등학교의 화장실을 빌려 쓰고 있던 교사들이나 학생들이나 고생이 이만저만이 아니었습니다.

그렇다 하더라도 마을의 풍경은 천천히, 그러나 확실히 변해가고 있었습니다. 마을을 돌아보니 구멍이 숭숭 뚫린 원두막은 한 집, 두 집 벽돌집으로 바뀌어져 갔고, 살림살이는 여전히 아무것도 없지만 부엌 한편에 쌀 포대를 그득하게 쌓아놓고 있는 것이 확인되었습니다. 쌀이 있으면 굶는 일은 없겠지만, 학교와 마을 사람들의 자립은 여전히 요원한 이야기였습니다. 이러한 가운데 기쁜 소식도 있었습니다. 여자축구팀이 초등학교에 생긴 것이었습니다. 2016년에 초등학교로 부임한 훈 위렉(Hun Vireak) 선생은 그 이듬

해에 여자축구팀을 만들어 초대 감독으로 임명되었습니다. 훈 위
렉은 그 당시를 이렇게 회상합니다.

"감독으로 임명되자마자, 저는 여학생들을 훈련시켜 옷또민쩨
이 주에서 주최하는 축구 대회에 출전시켰습니다. 우리는 1등을
차지하며 800,000리엘(약 200$)의 상금을 받았습니다. 그 뒤에
는 옷또민쩨이 주의 대표로 출전해 또 1등을 하며 더 큰 상금인
1,800,000리엘(약 450$)을 받았습니다. 정말 기뻤습니다."

2017년 체육복을 입고 있는 초등학교 아이들

2013년만 하더라도 교복이 없어서 전교생의 교복을 마련해 줄 정도였으며, 당시 남자축구팀을 만든다고 해서 슬리퍼 또는 맨발로 축구를 하는 선수들에게 유니폼과 운동화를 하나씩 선물한 적이 있었는데 이제 여자축구팀이 썸라옹을 대표하고 더구나 옷또민쩨이를 대표한다고 하니 정말 놀라운 일이 아닐 수 없었습니다. 그러나 훈 위렉의 다음의 말은 또 가슴을 아리게 합니다.

"프놈펜에서 열린 전국 챔피언십 대회에 옷또민쩨이 대표로 참가했지만, 저희 학생들은 먼 거리를 버스 타고 이동한 적이 없어서 모두 심한 멀미를 했습니다. 그로 인해 밥도 먹지 못하고, 잠도 제대로 자지 못한 채 경기에 출전하게 되었고 결국 패배하고 말았습니다."

그러나 뽀디봉같이 작은 마을에서 썸라옹 시를 대표하고 옷또민쩨이 주를 대표해서 출전했다니 정말 놀라지 않을 수 없는 큰 변화였습니다.

학생들은 늘어나고

이렇듯 학교가 발전해 나가는 것이 눈으로 보였지만. 그 속에는 여전히 해결되지 않은 문제들이 산적해 있었습니다. 교무실에 붙어있는 학생수 현황판을 보니 학생들이 꾸준하게 늘어 초등학교에 522명, 중학교에 111명이 재학하고 있다고 적혀 있었습니다. 모두 합하면 633명이었습니다.(2016년 11월 현재) 학생이 많아져 오전반과 오후반으로 나누어 수업을 진행했고, 판자로 겨우 막아 놓은 임시 교실에서 수업을 해야 하는 상황이었습니다. 학교는 재정이랄 것도 없었으며 전기는 들어오지 않았습니다. 600여 명이 넘는 학생들이 단지 두 개의 우물로 화장실 물을 포함, 식수까지 해결하고 있는 참으로 딱한 교육의 현장이었습니다.

시멘트가 부서져 엉망이 된 초등학교 교실 바닥에 새 타일을 깔아준 것은 2014년의 일입니다. 하지만 2년이 지나자 이 타일들 또

2017년 공부하고 있는 수레꾼 학생들. 교실 밖에는 꽃들이 피어 있다.

한 여기저기 보수가 필요하게 되었습니다. 학생들과 함께 타일을
보수하고, 마당의 쓰레기를 치우며, 나무를 심는 것으로 교정을 예
쁘게 가꾸는 일에 온 힘을 쏟았지만, 이러한 소소한 개선만으로는
해결할 수 없는 일이 산적해 있었습니다. 이러는 가운데 수레꾼 중
학교로 진학하는 초등학교인 꼭찬리 초등학교부터 추가로 지원해
주기로 결심했습니다. 당시로써는 큰 결단이었습니다. 하지만 그
이외의 초등학교 지원까지 감당하기에는 수레꾼의 재정적 한계가
명백했습니다. 이렇듯 학교와 마을 그리고 인접한 주변 마을이 처
한 모든 상황이 힘들었지만, 수레꾼의 씨앗 심는 노력을 포기해서

는 안 되었습니다. 어떠한 경우라도 씨앗을 뿌리지 않으면 결코 열매는 얻을 수 없기 때문입니다.

초등학교 교사인 엥 다빗(Ang Davit)은 당시의 상황을 이렇게 말합니다.

"교실은 문과 창문이 오래되어 낡았으며 건물의 벽이 부서지고 손상되었습니다. 그래서 건기 때에는 무척 덥고 책상 위에는 먼지가 뽀얗게 앉습니다. 그리고 우기 때에는 학교 운동장이 물에 잠겨서 학생들이 놀 곳을 찾기가 어렵습니다. 특히 초가로 지붕만 얹은 교실에서 수업을 할 때 비바람이 들이칠 때면 가방을 부리나케 싸들고 본 교실 건물로 얼른 피신을 해야 합니다. 우기 때가 되면 어김없이 반복되는 일이었습니다."

2015년부터 초등학교에 부임해 온 옴 쏘렌(Oem-Soren)은 또 이렇게 덧붙입니다. 그녀는 엥 다빗의 부인이기도 합니다. 말하자면 부부 교사입니다.

"저는 집에서 학교까지 가는 출퇴근길이 많이 어렵습니다. 왜냐하면 집에서 학교까지의 거리가 17km 떨어진 썸라옹에 있기 때문인데 이 길은 붉은 황토 진흙길입니다. 지금도 포장이 안 되어서 어렵기는 마찬가지지만요. 우기 때에는 길이 미끄럽고 물이 많아서 일부 길이 끊어질 때도 많습니다, 그리고 오토바이가 미끄러운 길에 넘어져 물에 빠지는 경우도 빈번했습니다. 그럴 때는 옷이 흠뻑 젖은 채로 학교로 출근해야 합니다."

먼지를 뽀얗게 뒤집어쓰고, 또 비에 흠뻑 젖어서 출근하는 여선생님들의 고충은 이것뿐이 아니었습니다. 여선생님들이 임신을 한 채 오토바이를 타고 다니고, 또 아이를 낳고 그 갓난아기를 안고 교실에서 아이들을 가르치고 있는 모습을 볼 때마다 측은한 마음과 갸륵한 마음이 교차되곤 했습니다. 나무가 자라고, 자전거가 늘어나고, 꽃밭이 생기고, 아이들이 웃고 뛰노는 겉모습 뒤에는 우물이 고작 두 개, 빈약한 화장실, 부족한 교과서, 비 가림 없는 판자 교실, 전기가 없어서 컴퓨터도 들여놓을 수 없는 현실, 유리창 없는 나무 창문 사이로 들이치는 먼지들이 마음을 아프게 하고 있었습니다.

2013년에는 학교로 들어가는 비포장도로를 해결하기 위해 겁도 없이 장연수님과 캄보디아 주재 한국대사관에 들어가서 대사를 만났습니다.

"저희는 한국의 비영리단체인 자비를 나르는 수레꾼입니다. 옷또민쩨이 주의 작은 소도시 썸라옹에서 17km 들어간 곳에 초등학교와 중학교를 지었습니다. 이 도로가 포장이 안 되어서 교사들

2017년

의 출근이 매우 어렵고 마을 사람들이 교통이 해결되지 않으니 도
와주세요."

"이렇게 어려운 곳은 캄보디아 전국에 있어요. 그리고 이런 도
로 포장 문제는 저희 대사가 할 수 있는 일이 아니랍니다. 유상차
관과 무상차관이 있어요. 이런 계통으로 알아보셔야 합니다."

한마디로 거절이었습니다. 물론 대사가 우리와 인터뷰 해준 것
만으로도 감사한 일이었습니다. 옛 직장의 후배 친구가 마침 대사
로 왔기에 가능했던 일이었습니다. 그러던 중에 박 대표님이 숙소
에서 아침에 일어나 썸라옹에서 가장 큰 호수인 멍스나오((Boeng
Snao, បឹងស្នោ) 호숫가를 산책하다 때마침 같은 호숫가를 산책하던 캄
보디아 북부 56번 도로를 건설 중이었던 금호건설의 소장인 윤기

주님을 산책길에서 우연히 만나게 되었습니다. 앙코르 와트가 있는 씨엠립을 찾는 한국인 관광객이 1년에 30만 명에 달하던 시절이었지만 캄보디아 북부에서 한국 사람끼리 우연하게 만난다는 것은 상상할 수 없는 일이었기에 서로서로 매우 반갑게 만나 인사를 나누었습니다. 이곳에서 봉사를 하는 우리들이나 한국의 기업이 이곳에서 큰 지방도로를 놓고 있다는 사실에 우리는 서로 놀랐습니다. 그때부터 이곳에 봉사를 왔을 때마다 윤 소장의 환대를 받았습니다. 그도 마침 불자였기에 더욱 반가웠습니다.

"소장님, 우리가 지은 뽀디봉 학교까지 도로 포장이 어떻게 안 될까요?"
"우리는 빤띠아이 츠마르(Banteay Chhmar)부터 옷따민쩨이까지

2017년

의 국도를 한국의 대외차관인 대외경제협력기금(EDCF) 사업으로 포장을 하고 있는 것입니다. 그리고 도로 포장은 정말 돈이 많이 들어가서 시도하기 어려워요. 그렇지만 저희 회사가 갖고 있는 도로 포장용 기계를 동원해서 평평하게 해드릴 수는 있겠습니다."

윤 소장은 시간이 날 때마다 휴일을 이용해서 학교 진입로와 울퉁불퉁 엉망진창이었던 학교 운동장을 그야말로 운동장답게 평평하게 해주었습니다. 고마운 인연이 아닐 수 없습니다. 그는 지금도 수레꾼의 든든한 후원인으로 후원을 아끼지 않고 있습니다.

새로운 시야

인생 궁극의 목적이나 방법은
슬픔이나 기쁨에 있는 것이 아니라
오늘보다 나은 내일을 위하여
행동하는 것이리라.
- 헨리 워즈워스 롱펠로우,《인생찬가》중에서

2011년부터 본격적으로 시작된 뽀디봉 마을의 우물 기증 프로젝트, 중학교 설립, 캄보디아 대학생을 위한 장학 프로그램, 그리고 나무 심기 프로젝트는 나름 성과를 거두고 있었습니다. 하지만 계속해서 증가하는 학생 수를 수용할 수 없는 교실의 부족, 전기의 불충분한 공급 문제는 우리가 근본적으로 해결할 수 있는 상황은 아니었습니다. 이제는 수레꾼 뽀디봉 중학교도 매년 신입생을 받으면서 중학교 3학년, 즉 9학년까지 모두 정원이 찼고, 곧 첫 졸업생들이 배출될 시점에 이르게 되었습니다.

"고등학교를 지어야 되나?"

하지만 고등학교를 짓는 일은 현실적으로 상상에 가까운 일이었습니다. 그 일을 이루기 위해선 1억 원이 넘는 자금을 모아야 하

2018년 나무그늘 아래에서

는 높은 벽이 우리 앞을 가로막고 있었습니다. 설사 그 벽을 넘는
다 해도, 그 뒤에는 더욱더 거대하고 높은 벽들이 기다리고 있을
터였습니다. 여러 학교를 지원하려면 수레꾼의 규모 역시 그에 어
울리게 커져야 하는데, 마치 작은 배로 거친 대양을 항해하는 것과
도 같았습니다. 현재의 수레꾼이 그 파도를 감당할 수 있을까?

그러던 중 씨엠립 공항 면세점을 둘러보다가 눈에 번쩍 띄는 두
개의 브랜드가 있었습니다. 아티산스 앙코르(Artisans Angkor)라는
수제공예품 브랜드와 쌍퇴르 당코르(Senteurs d'Angkor)라는 수제
공예품 브랜드였습니다. 그 두 브랜드가 면세점의 거의 40%를 차

지하고 있다는 사실을 발견한 순간, 오랫동안 막혀있던 길이 갑자기 환하게 열리는 듯했습니다. 퍼즐의 마지막 조각이 딱 맞춰질 때와 같은 딱 그런 기분이었습니다. 저는 이 두 곳의 브랜드를 생산하는 곳이 어딘가를 알아보기 시작했습니다.

아티산스 앙코르 워크샵과 쌍퇴르 당코르 워크샵 모두 씨엠립에 본거지를 두고 있었으며 프랑스의 민간인들이 세운 워크샵들이었습니다. 저는 아내와 함께 그곳을 찾아갔습니다. 두 워크샵은 캄보디아 수공예품 시장에서 서로 No.1을 다투고 있는 브랜드였으므로 규모 또한 제법 컸습니다. 모두 안내인을 두고 방문객들에게 수공예 작업 과정을 자세히 설명해 주는 체계적인 안내 프로그램도 갖추고 있었습니다. 크고 아기자기하고 아름답게 꾸며진 두 워크샵을 둘러보며, 우리 마을에도 이러한 공예학교를 세우면 얼마나 좋을까 하는 꿈을 잠시 꾸었습니다. 그러나 물 한 모금도 귀한 뽀디봉 마을에서, 그것도 전기도 없는 마을에서 공예학교의 꿈을 꾸다니 그것은 마치 손끝을 스쳐가는 뜬구름처럼 아득하기만 한 공허한 꿈에 불과했습니다.

헛된 꿈일까?

노 저어가는 사람의
리듬이 맞으면
인생은 노래가 된다.

한국으로 돌아와 시골 밤하늘에 떠 있는 별들을 바라볼 때마다 '기술공예학교!'가 머릿속을 계속 맴돌았습니다. 기술공예학교를 세워야 한다는 생각이 깊어질수록, 그 목표는 불꽃처럼 타오르며 끝없이 생각을 사로잡았습니다. 박 대표님께도 이 이야기를 꺼냈고, 대표님도 공예학교 설립에 동의해 주셨지만, 문제는 역시나 설립자금을 모으는 것이 큰 걸림돌이었습니다.

투병 중이던 장연수님도 제게 물었습니다.
"꼭 뽀디봉 마을에 공예학교를 세워야 하나요?"

뽀디봉 마을은 언제 전기가 들어올지조차 확실하지 않았고, 그곳에서 공예를 가르칠 선생님을 찾는 일도 결코 쉬운 일이 아닙니다. 저는 이 고민을 아내에게도 털어놓았습니다. 그리고 기술공예학교가 세워지고, 그 학교에서 배출된 학생들이 자립하고, 더 나은 미래를 꿈꿀 수 있는 장면들을 하나하나 그려주었습니다. 그 이야기를 듣던 아내는 제 열정과 그 가능성을 믿었는지, 주저하지 않고 기초자금으로 사용할 돈 1천만 원을 내놓았습니다. 아내는 말했습니다.

"뭐든지 종잣돈이 없으면 시작도 못해요. 지난해에 우리집 불이 났을 때 많은 사람들이 도와주었잖아요. 그 돈 가운데 일부를 기술공예학교 짓는데 씁시다."

2016년 1월 25일 새벽 아침이었습니다. 그해 겨울은 유난히 추웠는데 그해 겨울 중 가장 추운 날 새벽 4시에 별안간 보일러가 과열되면서 목조건물인 저희 집이 순식간이 불더미 속에서 훨훨 타고 말았습니다. 살을 에는 듯한 추위에 칠흑같이 깜깜한 새벽이었습니다. 그 순간 살아왔던 모든 것이 날아가고 있었습니다. 눈앞이 캄캄했습니다. 그동안 써놓았던 원고와 사진들, 책들, 컴퓨터와 카메라 세트 그리고 아내가 아끼던 기념 패물들이 모두 사라졌습니다. 그런데 놀랍게도 많은 분들이 재건을 위해 손을 내밀어주셨습니다. 너무나도 큰 경황 중이라 일일이 그분들께 감사의 마음을 전하지 못할 정도였습니다. 아내의 말은 이 기회에 기술공예학교를 짓는데 일부를 보태서 감사의 마음을 전하자고 했습니다.

박 대표님께 이 이야기를 전하자, 대표님도 흔쾌히 1천만 원을

2018년 옷따민쩨이 교육청에서 제시한 공예학교 부지

쾌척해 주셨습니다. 이렇게 종잣돈 2천만 원을 만들어 기술공예학교를 향한 작은 디딤돌 하나를 놓고 나니, 상상 속에 있던 기술공예학교가 그야말로 현실이 되기 시작했습니다. 이제 막 심은 작은 묘목이 훗날 큰 나무로 자라 그늘을 만들어 주듯이, 이번에 만든 종잣돈은 새로운 길을 걸어가는데 큰 힘이 되어주는 아주 소중한 마중물이 되었습니다.

한편으로는 투병 중인 장연수님의 빈자리를 채우기 위해서 더 큰 노력이 필요했습니다. 2년간 현지 교민인 김종택님과 윤다현님이 헌신적으로 함께 활동해 주셨던 덕분에 차질 없이 장학생들과 함께하는 봉사활동을 전개해 나갈 수 있었지만 그분들의 개인 사정으로 더 이상 동참하지 못하게 되면서 또다시 큰 난관에 부딪혔습니다.

프놈펜에서 쌈앗스님을 만났습니다. 캄보디아 최대 종파인 마하니까야 종파의 외교분과를 맡고 계셨던 스님은 초등학교와 중학교 설립을 추진할 때부터 함께해 온 든든한 동반자였으며, 장학생 관리, 나무 심기, 교과서와 교육 자재 제공에 이르기까지 열정적으로 참여해 오신 분이었습니다. 그동안 사용해 왔던 수레꾼의 현지 통장을 폐쇄하고, 스님의 이름으로 새롭게 개설하자는데 그의 동의를 얻어냈습니다. 수레꾼의 모든 계획을 쌈앗스님을 통해서 이어나가는 새로운 길을 반드시 열어야 했습니다.

2018년 수레꾼 중학교 여학생들

그리고 스님과 함께 썸라옹으로 가서 금호건설에서 윤 소장 아래 근무했던 건설업자를 만나 설계도면을 보여주고 견적을 받았습니다. 견적은 건물 짓는 데만 8천만 원이 소요된다고 나왔습니다. 그리고 이어서 옷따민쩨이 주의 교육청 관리와도 만났습니다. 왜냐하면 뽀디봉 마을은 전기가 들어오지 않기 때문에 마을에는 기술공예학교를 지어도 운영할 수 없었기 때문입니다. 그때 교육청 관리가 우리에게 두 가지 제안을 했습니다. 첫째는, 썸라옹 고등학교가 새로 지은 큰 건물로 이전했으므로 사용하지 않게 된 옛 고등학교 건물을 활용하면 어떻겠냐는 의견이었고, 둘째는 학교를 지을 부지를 제공할 테니 그곳에 기술공예학교를 새로 짓자는 제안이었습니다. 우리는 또 프놈펜에 기술공예학교를 지을 가능성도 검토했습니다. 부지 가격과 임대 비용을 조사하면서 캄보디아의 수도인 프놈펜에서 기술공예학교를 운영하는 것이 장연수 님의 제안대로 더 현실적이지 않을까를 고민했지만, 생각을 바꾸었습니다.

"뽀디봉 마을과의 인연은 절대로 끊어서는 안 돼."

비록 뽀디봉 마을에 직접 짓지는 못하더라도, 마을과 가까운 곳인 썸라옹에서라도 우리의 꿈을 실현해야 한다는 결론에 이르렀습니다.

아, 그가 갔다

복사꽃 띄워
물은 아득히 흘러가나니
별천지 따로 있어
인간 세상 아니네.
- 이백, 《산중문답》 중에서

2019년 10월 11일.
장연수님이 마침내 세상을 떠나 극락으로 갔습니다.

그는 붓다의 가르침에 따라 자신을 닦고 명상으로 마음을 다스리며 살아가는 사람이었습니다. 그런데 왜 이렇게 착하고 의로운 사람이 그 몹쓸 암에 휘말려 일찍 세상을 떠나야만 했을까?

학교 운동장의 나무 그늘에 앉아 있을 때면, 그의 하얀 쌍용 SUV가 먼지를 일으키며 비포장길을 달려 뽀디봉 초등학교에 도착하던 모습이 떠오릅니다. 그는 이곳에 올 때마다 교과서, 공책, 헌 옷들을 가득 싣고, 아이들에게 나누어주던 그런 사람이었습니다. 열대의 뜨거운 뙤약볕 아래에서 땀을 뻘뻘 흘리면서 우물을 파고 점검하며, 어려운 환경에서도 청소년들에게 한글을 가르치는 일을 놓지 않았던 사람이었습니다. 자신의 삶을 위해서가 아니라 오로지 남을 위해 헌신하는 그의 모습은 마치 캄보디아 아이들을 위해 태어난 사람처럼 보였습니다.

그러나 이제 그가 걸었던 그 길, 그가 이루고자 했던 꿈을 이어받아 그의 흔적을 쫓아가며, 그가 미처 완성하지 못한 길을 수레꾼은 계속 걸어갈 것을 그의 영전에 약속했습니다.

도마

얼마나 가파른 길을
올랐는지 모른다.
이 고개를 넘고 나면
평지가 나타나겠지.
아니다.
다시 또 가파른 길이
기다리고 있다.
- 최윤경, 《산행》 중에서

공예학교 설립을 위한 기초자금을 마련한 지 3년이 지났음에도 한 걸음도 앞으로 나아가지 못한 채 제자리에 머물러 있었습니다.

'학교를 짓지 못하면 차라리 프놈펜에서 장소를 임대해서 공예학교를 월세로 진행할까?' 하는 생각이 하루에도 몇 번씩 떠올랐다가, '아니야! 무슨 일이 있어도 뽀디봉의 학생들에게 가르쳐야 해! 한 번 맺은 인연을 그렇게 쉽사리 끊으면 안 돼' 하는 마음으로 결심을 다잡곤 했습니다.

그러던 어느 날, 시골길에서 트럭을 몰고 가던 중 갑자기 한 가지 아이디어가 떠올랐습니다.

"도마를 만들자!"

2019년 공예학교 기금 마련을 위하여 참가한 서울 국제 불교박람회

그해(2019년) 가을, 서울 국제불교박람회가 서울 학여울 SETEC
에서 사흘 동안 열릴 예정에 있었습니다. 전시 날짜에 맞추어서 느
티나무 도마 300개를 만들어야겠다는 목표를 세웠습니다. 평소에
틈틈이 배운 목공 기술을 살려, 자연에서 모티브를 얻은 독특한 형
태의 도마들을 구상했습니다. 새 모양, 돌고래 모양, 벌레 먹은 나
뭇잎 모양 등 자연 친화적인 디자인이었습니다. 대구의 김진영 화
백의 도움도 받고 평소 생각했던 모양으로 디자인도 해서 도마 디
자인은 완성되었으나 300개의 도마를 만든다는 것이 생각처럼 쉽
지 않았습니다. 단단한 느티나무 판재를 자르고, 대패질하고, 사포

질한 후 올리브오일로 마감하는 과정을 혼자서 다 해내기에는 몹시 버거운 작업이었습니다. 전시회가 열흘 정도 남았을 때 겨우 30개를 완성했을 뿐이었습니다. 이런 상황에 처해 당황하고 있었던 어느 날, 이러한 고민을 페이스북에 올리자 이른 아침, 메신저 창에 모르는 분한테 문자가 도착했습니다.

"저는 양평에서 목공방을 운영하는 목수입니다. 제가 도와드리면 안 될까요?"

이렇게 해서 소마공방을 하고 계신 김용재님이 우리집에서 꼬박 3일 동안 숙식을 하면서 300개의 도마 모양을 오려주고 돌아갔습니다. 나는 그가 오려준 도마를 대패질을 하고 사포질을 해야 했으나 그만 소장하고 있던 자동 대패 기계가 고장이 나서 부리나케 양평으로 달려가는 일이 생겼습니다. 그는 흔쾌히 양평으로 오라고 하고는 아침부터 밤 10시까지 그가 갖고 있는 대패 기계로 작업을 마치고 돌아왔습니다. 그러나 그것이 다가 아니었습니다. 하루 종일 사포질을 해도 300개는 터무니없는 수량이었습니다. 저의 옛 직장의 후배까지 내려와서 함께 사포질을 해준 덕에 박람회 당일까지 140개의 도마를 간신히 만들어 부스를 채울 수 있었습니다. 비록 300개 목표를 채우지는 못했지만, 박람회에 참가하여 〈자비를 나르는 수레꾼의 캄보디아 공예학교 모금을 위한 부스〉에서 약 100여 개의 도마를 판매할 수 있었습니다. 참가

비와 재료비, 진행비를 제외하고 나니 약 350만 원의 수익을 올릴 수 있었습니다. 비록 수익 금액은 작았지만, 그렇지만 그게 어디입니까? 처음으로 모인 종자자금 2천만 원을 넘어선 2,350만 원으로 더 큰 꿈을 향해 나아갈 수 있었던 작지만 '든든한 뱃심'이 생긴 셈입니다.

코로나 19

해야 할 일이 생각나거든
지금 하라.
오늘 하늘은 맑지만
내일은
구름이 낄지 모른다.
- 찰스 스펄전, 《지금 하라》 중에서

2013년부터 시작된 대학생들과 함께하는 봉사는 2019년까지 단 한 해도 빠지지 않고 계속되었습니다. 그러나 그 누구도 예상하지 못했던 일이 벌어졌습니다. 중국 우한에서 시작된 코로나 19라는 미지의 바이러스는 세계의 시간을 동시에 멈추게 했습니다. 우리나라를 포함한 전 세계가 미증유의 사태에 직면했고, 캄보디아 역시 예외는 아니었습니다. 우리는 더 이상 캄보디아에 갈 수 없었습니다. 저는 쌈앗스님에게 메시지를 보냈습니다.

"저는 코로나가 진정되기 전까지는 캄보디아에 갈 수 없습니다. 대신 캄보디아 내에서 장학생들과 함께 봉사활동을 이어가 주시기 바랍니다. 수레꾼은 2개월에 한 번씩 1,000$를 보내드리겠습니다."

2020년 마스크와 손 세척제 지원

    그렇게 우리는 서로 문자와 사진을 주고받으며 근황을 전하고, 뽀디봉 마을에는 갈 수 없지만 쌈앗스님의 지도 아래 프놈펜에서의 봉사활동으로 이어나갔습니다. 스님은 장학생들을 데리고 가난한 가정을 찾아가 쌀과 생필품, 생수를 전달했고, 생계가 끊긴 뚝뚝 기사들에게도 도움의 손길을 내밀었습니다. 그들의 따뜻한 마음이 전해지는 모습을 보며, 비록 직접 가서 돕지는 못하지만 수레꾼이 육성한 장학생들이 현지에서 직접 봉사할 수 있는 시스템이 만들어져 참으로 다행이었습니다. 그러는 사이, 뽀디봉 초등학교 교사로부터 한글로 페이스북 메신저를 통해 도움의 요청이 왔습니다.

    "안녕하세요. 저는 뽀디봉 초등학교에 근무하는 분툰(Bunthoeun)입니다. 저는 한국어를 조금 배웠습니다. 그래서 한글로 보냅니다. 저희 학교는 지금 수레꾼의 도움이 많이 필요합니다. 학생들과 마을 사람들에게 나누어줄 손 소독제와 마스크 그리고 체온계를 보내주실 수 있으면 보내주세요. 급합니다."

덧붙여서 초등학교는 교사 9명, 학생은 438명이었으며, 중학교는 교사 9명에 학생수는 175명이라는 메시지가 왔습니다. 꼭찬리 초등학교에도 250명의 학생들이 있었습니다. 그리고 이윽고 세 학교로부터 도움을 요청하는 공문이 정식으로 왔습니다.

"우리는 뽀디봉 초등학교와 중학교 그리고 꼭찬리의 교사들입니다. COVID-19 팬데믹으로 인해 캄보디아 교육청의 지침에 따라 학생들 간의 간격을 유지하고 수업을 하고 있으며, COVID-19를 예방하기 위해 마스크, 비누, 알코올 손 소독제 등의 물품이 필요하며 마을에서도 사회적 거리두기를 실천하고 있습니다. 저희에게 필요한 마스크, 비누, 알코올 손 소독제와 같은 물품을 보내주시기 바랍니다."

저는 급한 대로 페이스북과 카카오톡을 통해 수레꾼 회원들과 지인들에게 마스크를 보낼 수 있도록 후원을 부탁했습니다. 마스크 후원을 요청한 지 딱 하루 만에, 놀랍게도 8,000장의 마스크와 290만 원이라는 성금이 모아졌습니다. 일주일이 지나자 마스크 3

만 장과 350만 원의 성금이 모였으며, 열흘이 지나서는 성금 액수
도 500만 원에 달했습니다. 코로나로 인해 모두가 힘든 시기를 보
내고 있음에도 불구하고, 캄보디아의 어린 학생들과 마을 사람들

2021년 수레꾼은 코로나가 진정되기까지 마스크 지원을 계속해 나갔다.

을 위해 마스크와 성금이 신속하게 모이는 것을 보면서 마음이 울컥했습니다. 세상에는 고마운 분들이 차고도 넘쳤습니다.

이렇게 모아진 마스크를 캄보디아로 보내는 일은 예상 외로 쉽지 않았습니다. 여러 경로를 통해 알아본 결과, 캄보디아에 마스크를 보내면 세관에서 통과가 지체되거나 아예 거부될 가능성이 높다는 소식까지 접했습니다. 이러한 난관을 해결하기 위해, 주한 캄보디아 대사를 직접 만나기로 결심하고 대사관에 연락을 취했습니다. 마침내 대사를 만나는 자리를 마련할 수 있었고, 그 자리에서 그동안 수레꾼의 활동과 캄보디아에서 이뤄졌던 다양한 지원 사업들을 간략하게 설명했습니다. 그래서 주한 캄보디아 대사관에서 발행하는 협조 공문과 함께 비행기 편으로 세정제, 체온 측정 온도계와 함께 마스크 3만 장을 캄보디아로 보냈습니다.

그러나 어찌된 일인지 비행기 편으로 발송한 지 한 달이 다 되어가도 학교에 마스크가 도착하지 않는 것이었습니다. 택배회사를 통해 알아보니 공항에는 물건이 이미 도착한 상태인데 세관에서 붙잡고 통과시켜 주지 않는다는 것이었습니다. 주한 캄보디아 대사의 협조 공문이 있었는데도 불구하고 세관에서 통과시켜 주지 않는 데는 캄보디아 내에 있는 부패의 고리가 엿보이는 대목이었습니다.

"마스크가 빨리 세관을 통과하려면 어떻게 해야 하는 거예요?"

택배회사에서는 세관 통과세를 내면 된다고 했습니다. 그것이 얼마나 하느냐고 물으니 150만 원이나 되었습니다. 이러한 문제를 해결하기 위해 주한 캄보디아 대사까지 만나 세관 협조 공문까지 첨부했는데도 이 지경이라니 정말 화가 치밀어 올랐지만, 하루라도 빨리 마스크가 학교에 도착하게 하려면 속이 많이 상했지만 하는 수 없이 세관 통과비를 지불해야 했습니다. 부랴부랴 송금을

2021년 캄보디아 프놈펜 대홍수 시기에 침수된 지역에서 활동하는
수레꾼 대학생 봉사단

하여 마스크가 한국을 떠난 지 한 달 만에 학교에 도착할 수 있었습니다. 이러는 와중에 프놈펜에는 엄청난 폭우가 내려서 어디라할 것 없이 프놈펜 전 시내가 모두 물에 잠기는 대홍수 사건이 일어났습니다. 수레꾼은 급하게 쌈앗스님에게 2,000\$을 보냈고 장학생들은 물에 잠긴 골목골목을 헤쳐 가면서 수재민들에게 쌀과 생필품과 생수들을 날랐습니다.

세상에는 나무를 심는 자가 있는가 하면, 그 나무를 뽑는 자도 있고 나무를 휘감고 자라는 덩굴도 있습니다. 이러한 존재들로 인해서 나무는 결국 힘을 잃고 죽고 맙니다. 코로나 시대를 잘 극복하라고 어린 학생들을 위하여 성금을 아끼지 않으신 분들의 마음을 조금도 아랑곳하지 않고 자국의 어린이에게 보낸 마스크를 빌미로 돈을 갈취하는 세관은 나무를 휘감고 영양분을 빼앗아 자신의 배를 채우는 덩굴과 조금도 다를 바가 없었습니다. 그들이 바로 캄보디아의 암세포들이었습니다. 이러한 어처구니없는 상황에 처하자 10여 년을 넘게 오지를 다니면서 학교를 세우고, 우물을 파고, 나무를 심고, 교과서를 전달하고 하던 힘이 쭉 빠져버리는 듯했습니다. 그렇다고 해서 미래의 씨 뿌리는 일을 멈출 수는 없습니다. 씨를 뿌리지 않으면 덩굴은 더욱 무성해지기 때문입니다. 다만 이 나라는 현재 한 사람에 의한 오랜 독재가 이어지고 있다 보니 사회를 지탱하는 정의가 뿌리째 흔들리고 있었습니다. 위에서부터 아래까지 부패한 관리들이 곳곳에 자리 잡고, 올바른 제도를 무너뜨리는 데 앞장서고 있는 이 나라의 앞날이 많이 걱정됩니다.

한국에서 일하고 있는 캄보디아 택배회사 대표는 이렇게 권했습니다.

"앞으로 항공편으로 보내지 말고 꼭 선편으로 보내세요. 제가 책임지고 학교까지 차질 없이 도착하도록 할게요."

코로나 시국에도 불구하고

나는 늘 너머를 꿈꾼다.
어깨 너머에서
산 고개 너머에서
아득한 지평선 너머에서
저 푸른 수평선 너머로
- 정정희, 《너머》 중에서

화두를 기본으로 하여 명상을 하는 선가(禪家)에서 오랫동안 전해오는 말 가운데 '백척간두진일보(百尺竿頭進一步)'라는 말이 있습니다. 백척간두란 아주 높고 기다란 장대의 끝이라는 뜻도 있지만 그 의미를 조금 더 확장해 보면 깎아지른 듯한 '천애의 절벽 끝'이라고 할 수 있습니다. '백척간두진일보'는 절박함 속에서도 움직임을 요구하는 말입니다. 그 순간을 지나야만 새로운 가능성이 열린다는 것을 깨달으라 하는 가르침입니다. 절벽 끝에서 한 발을 내딛는 것은 불가능해 보이지만, 그 한 발이 오히려 새로운 세상을 열어줄 수 있다는 뜻이기도 합니다.

기술공예학교 설립을 위한 기금이 지난 2년 동안 더 이상 늘어나지 않고 정체되고 있으니 절벽 끝에 서 있는 듯한 기분을 떨쳐낼 수 없었습니다. 그동안 꿈꾸던 기술공예학교의 설립은 점점 멀어져 가는 듯 보였습니다.

　장사경잠(長沙景岑)선사는 이러한 때를 당했을 때 다음과 같은 선시(禪詩)로 일침을 가합니다.

　백척간두에 앉아 있는 그대여
　그것은 진짜가 아닐세
　백척간두에 서서
　한 발 더 내딛어야 할 걸세
　百尺竿頭坐底人
　雖然得入未爲眞
　百尺竿頭須進步

　풀어내기 어려운 문제 앞에서 '된다, 안 된다'라는 이분법적 사고에 갇혀버리면 그곳에서부터는 한 발짝도 내디딜 수 없습니다. 만약 고정된 생각의 틀을 넘어서지 않는다면, 상상의 세계로 들어갈 기회를 영원히 놓치는 것과 같습니다. 결국, 상상과 현실을 잇는 다리는 언제나 그 '한 발 더 내딛는 용기'에서 시작되기 때문입니다.

　코로나 19로 인한 정체와 고립은 바로 백천간두였습니다. 이때 오랫동안 수레꾼을 후원하여 주셨던 회원 한 분께서 이제 막 적금

2021년 코로나가 빨리 진정되기를 바라는 아이들의 기도

을 탔다고 하시면서 1천만 원을 보내주시는 것이었습니다. 그때나 지금이나 자신의 이름을 누구에게도 밝히지 말라 하셔서 지금도 익명으로 해야 하지만 그 순간 정말 날아갈 듯이 기뻤습니다. 꽉 막혀 있던 강물이 세차게 흐르기 시작한 것입니다. 긴 어둠 속에 빛이 비추어지는 뜻깊은 순간이었습니다. 세상은 멈춘 시간 속에 살고 있지만 기분이 날아갈 듯한 소식은 꼬리에 꼬리를 물고 이어 졌습니다.

제가 미국에서 요리를 배우고 있을 때 알고 있었던 한 보살님께 서 한국에 오시면서 1,000$을, 그리고 미국으로 돌아가셔서 도반님들과 함께 다시 7,000$을, 또 옛 직장 동료가 코로나로 미국 정부에게 지급받은 돈 가운데 1,000$가 연속적으로 입금되면서 설립기금이 급물살을 타며 늘게 되어 4천만 원이 넘어가고, 용도별로 분산되어 있던 수레꾼 통장을 봉사 통장, 장학금 통장, 공예학교 프로젝트 통장으로 크게 분류 통합하고, 여기에 수레꾼 회원님들과 늘 관심을 갖고 계신 스님들께서 힘을 보태주셔서 2021년 후반에는 6천만 원에 달하는 기금이 조성되었습니다. 그것도 다름 아닌 세계적으로 어려웠던 팬데믹 시대에 말입니다.

코로나가 기회?

우리 일어나 일을 하자
어떤 운명이 닥쳐올지라도
- 헨리 롱펠로, 《인생 예찬》 중에서

2020년과 2021년은 정말 힘든 시기였습니다. 한국에서는 하루하루 코로나 감염자 수가 증가하고, 사망자 숫자도 나날이 늘어가면서 긴장감이 고조되고 있었습니다. 사람들은 1차, 2차, 3차 백신을 맞아야만 했고, 도시의 거리들은 한산해졌으며, 사람들은 두려움 속에서 일상을 이어갔습니다. 학교에는 휴교령이 내려지고, 온라인 수업으로 전환되었으며, 학생들은 컴퓨터 화면 속에서 교사를 마주하는 새로운 교육 환경에 적응해야 했습니다.

하지만 캄보디아는 달랐습니다. 캄보디아의 코로나 확진자와 사망자 수는 그야말로 믿기 어려울 정도로 낮았습니다. 이는 단순히 행운이라고 보기는 어려웠습니다. 캄보디아의 의료 시스템은 매우 제한적이었고, 병원의 수용 능력이 현저히 낮았기에, 공식적으로 집계된 숫자만으로는 실상을 다 알 수 없는 상태였습니다.

2020년 4월, 프놈펜에는 급기야 이동 금지 명령이 내려져서, 시장도, 학교도, 도시도 멈춰서서 아무도 다니지 않는 적막한 도시의 모습이 담긴 보도사진을 쌈앗스님이 보내왔습니다. 한국의 학교에서는 인터넷으로 수업을 받고 있었지만, 전기도, 인터넷도 없는 캄보디아의 시골 마을, 특히 뽀디봉 마을에서는 이야기가 달랐습니다. 이곳에서는 인터넷 수업이라는 개념조차 현실적으로 불가능했습니다.

교사들은 학교 문을 닫고 마을을 소단위로 쪼개어 야외에서 학생들과 수업을 이어가고 있다고 전해왔습니다. 모든 것이 중단된 채로, 언제 끝날지 모르는 두려움 속에 갇혀 있던 시기에 교사들은 열대의 나무 그늘 아래, 먼지가 날리고 바람이 불고. 비 오면 비 오는 대로 그들은 멈추지 않고 마스크를 쓴 채로 아이들을 가르치고 있었습니다. 고맙고 훌륭한 교사들입니다.

전 세계가 이토록 어려운 시기를 겪고 있었지만, 오히려 서서히 준비할 시간을 가질 수 있는 절호의 기회가 되었습니다. 어쩌면 공예학교의 기반을 더 탄탄하고 단단하게 다질 기회를 코로나가 우리에게 준 것일지도 모른다는 생각이 들었습니다.

먼저 기술공예학교를 구상하게 된 데에는 두 가지 중요한 이유가 있었습니다.

첫째, 캄보디아는 전통적으로 농업 중심의 국가로서, 지금도 인구의 80% 이상이 농업에 종사하고 있습니다. 이는 뽀디봉 마을에서도 마찬가지였습니다. 현재 이곳의 농부들은 매우 단순한 농사만을 짓고 있었습니다. 3모작이 가능한 기후조건을 갖고 있었지만 물이 없어서 고작 비가 오는 우기 때만 이용해서 1모작 농사만을 짓고 있으니 더욱 그렇습니다. 그러나 자라나는 학생들의 미래를 생각하면, 단순한 농업에 의존하기보다는 농업 기술을 체계적으로 가르쳐 새로운 방식으로 활용할 수 있는 능력을 배양하는 것이 필요하다고 느꼈습니다.

둘째, 과거 앙코르 제국 시절 캄보디아는 예술과 문화의 중심지였습니다. 당시의 예술적 전통을 이어받는 것은 이 지역 아이들에게 큰 가능성과 자부심을 줄 수 있습니다. 전통적인 예술 기능을 계승하면서 현대적 감각과 결합해 새롭게 발전시킬 수 있다면, 이는 아이들의 삶에 더 넓은 선택지를 제공해 줄 것입니다. 이 두 가지 이유로, 농업과 예술의 기술을 함께 가르칠 수 있는 기술공예학교를 세우는 것이, 단순히 현재를 위한 교육이 아니라 뽀디봉 마을 아이들의 미래를 열어줄 중요한 열쇠가 될 수 있다는 확신이 들어서였습니다.

제가 사는 곳은 경북 봉화이며 이곳에서 귀농하여 농사를 짓고 있는지 14년째입니다. 서울에서 평생을 보내 오랜 도시생활에 익숙한 제가 농부들의 마음을 온전히 이해하기는 어렵지만, 직접 농사를 지으며 깨달은 것은 농업은 단순히 땅을 일구는 것 이상의

2021년 수레꾼 중학생들의 수업 모습

일이라는 것을 알게 되었습니다. 특히 농사는 짓는 방법과 더불어 농기계의 유지, 관리가 중요한 요소임을 실감했습니다. 그래서 알게 된 것이 농기계 정비업이 자동차 정비업만큼이나 중요한 역할을 하며, 그 수입도 결코 적지 않다는 것이었습니다.

캄보디아는 전국적으로 농기계가 빠르게 보급되고 있는 중이었습니다. 농기계가 이토록 빠르게 보급되는 추세라면 농기계 정비 기술을 가르치는 것이 매우 중요하겠구나 하는 생각을 갖게 되었습니다. 그러나 현재 수레꾼이 모아놓은 기술공예학교 설립기금으로는 농기계 정비 기술을 아우르는 프로그램을 실행하기에는 한계가 있었습니다. 농기계 기술을 가르치려면 농기계부터 구입해야 하는데 공예학교와 동시에 추진하기에는 절대적으로 기금이 부족했기 때문에, 우리는 현실적으로 실현 가능한 분야에 집중해야 했습니다.

프로젝트의 성공적인 운영을 위해서는 하드웨어(물리적 자원)와 소프트웨어(사람, 과정, 교육 등)가 균형 있게 조화를 이루는 것이 필수적입니다. 하드웨어는 건물, 장비, 기술적 도구와 같은 눈에 보이는 물리적 자원을 의미하는 반면, 소프트웨어는 이를 운영하고 관리하는 인적 자원과 그들의 지식, 경험, 그리고 그 안에서 이루어지는 모든 과정과 교육을 가리킵니다.

제가 시골생활을 하다 보니, 많은 관리들이 건물 짓는 데 집중하고 그 안에 들어가야 할 소프트웨어, 즉 교육 과정이나 사람들의 역량 개발 같은 부분은 형편없이 등한시되는 경우를 많이 보게 되어 매우 안타까웠습니다. 프로젝트가 하드웨어에만 집중하면, 마치 껍데기뿐인 건물을 짓는 것과 같습니다. 제대로 된 운영이나 교육 시스템이 갖춰지지 않으면 그 건물은 금세 무용지물로 전락하게 되는 일은 불을 보듯 뻔한 일입니다. 하드웨어는 충실한 소프트웨어의 지원 없이는 그 역할을 제대로 할 수 없으며, 두 요소가 반드시 균형을 이루어야만 프로젝트의 지속 가능성과 성공을 보장할 수 있는 것입니다. 그렇다면 수레꾼이 추진해야 하는 기술공예학교 가운데 기술은 아쉽지만 보류하자는 결론에 이르지 않을 수 없었습니다.

미로에 서다

한 생각 툭 트이면
모든 시공 초월하니
- 혜청, 《치문》 중에서

수레꾼이 서 있는 자리는 미로의 갈림길에 서 있는 것과 같았습니다. 미로의 갈림길은 그 어느 쪽이든, 한 방향을 선택해야 할 중요한 순간임을 의미합니다. 수레꾼이 세운 계획이 과연 옳은 방향인지, 아니면 잘못된 선택을 하고 있는지에 대한 걱정이 하루에도 몇 번씩 밀물처럼 밀려왔다가 썰물처럼 반복되고 있었습니다. 밤하늘에 대고 별들에게 묻고 또 물었습니다. 여기서 길을 잃는다면, 십여 년 동안 이어온 후원자들의 노력이 모두 물거품이 될 수 있기 때문입니다.

"전기도 들어오지 않고, 치워도 치워도 쓰레기는 계속 쌓이고, 학교로 들어가는 길은 여전히 비포장길인 이곳. 학생들이 사용하는 화장실 상태는 엉망이고, 타일은 깨진 데가 너무 많은 이곳. 심은 나무들도 많이 죽어버렸고, 교실도 부족해서 구멍 난 판자 교실

2022년 등교하는 학생들

에서 공부해야 하는 이곳. 이러한 상황을 다 해결할 능력이 과연 우리에게 있을까?"

매년 반복되는 쓰레기 치우기, 나무 심기, 우물 파기, 화단 만들기, 아이들과 놀아주는 일이 마치 끝도 없이 모래가 흘러내리는 구덩이 안에서 그 모래를 계속 퍼내는 것처럼 무의미할 때도 있었습니다만 시간이 흐를수록 처음에는 아무런 변화가 없는 것처럼 보였던 그 반복된 행동이, 어느 순간 그 모래 구덩이를 단단한 집으로 바꾸어가고 있었습니다.

"미로 속일지라도 나가는 그 길을 꼭 찾아야 해."

2021년에 들어서자 코로나 상황이 조금씩 나아지면서 학교에도 서서히 변화의 바람이 불기 시작했습니다. 초기의 화장실은 변기 옆 작은 수조에 물을 받아놓고 바가지 물로 씻어내리는 전통적 수동 방식이었는데 물이 부족하니 화장실 상태는 정말 취약하고 고약했습니다. 교정은 어디에서부터 손을 대야 할지조차 모를 정도로 온통 쓰레기들로 가득했습니다. 이 열악한 환경에서 학생들과 교사들, 마을 주민들의 삶의 질은 개선될 기미가 조금도 보이지 않았었습니다. 그러나 해마다 꾸준히 지원을 이어온 수레꾼의 후원이 쌓이면서 학교는 천천히 변화를 맞이하기 시작했습니다. 쓰레기 소각장도 만들어지고, 낡은 화장실이 개선되었으며, 학생들과 교사들의 얼굴에는 미소가 점차 번지고, 그들의 외모에서도 변

화를 보이기 시작하여 교사들의 모습이 교사답게 한결 단정해졌
습니다.

코로나 시기임에도 불구하고 교사들이 직접 나서서 물탱크를
설치하고, 부족한 교실을 대치할 수 있는 야외 수업용 원두막 교실
도 짓고, 꽃을 심을 수 있는 화단도 만들고, 비 오는 날이면 질척이
던 학교의 흙길도 시멘트로 포장하는 일 모두가 선생님들의 손을
통해 이루어지고 있었습니다. 마스크를 쓴 채 여선생님들이 음식
을 만들어 나르고, 남선생님들이 돌을 나르고 시멘트를 반죽하는
모습이 담긴 사진들이 실시간으로 페이스북을 통해 받아보는 이
현실이 꿈인지 생시인지 믿기지 않을 정도로 감동하여 가슴이 뭉
클하였습니다.

교실 벽면에는 각종 수업 자료가 예쁘게 만들어져 붙여지고, 학
교를 아름답게 가꾸자는 표어들도 직접 만들어 벽면을 장식하기
시작했습니다. 이처럼 교사들이 변하기 시작하자 학부모를 중심
으로 한 학교 운영회도 만들어지는 등 마을과 학교의 삶은 점차
생기를 되찾아가고 있었습니다. 이 변화는 긴 어둠 속 터널 끝에
드러나기 시작하는 희미한 불빛과도 같았습니다.

땅이 없어 배회하던 화전민들과 크메르 루즈군의 패잔병들이
모래알처럼 흩어져 살고 있다가 한 점이 되어 마을에 모여들고, 한
국에서 온 수레꾼들이 모여 두 점이 되고, 프놈펜의 대학생들이 모

여 세 점이 되는 삶의 흐름은 뚜렷한 방향을 향해 나아가고 있었습니다. 비록 코로나라는 예상치 못한 거대한 시계가 삶의 일부를 잠시 멈추게 했을지라도, 도도하게 흐르는 이 마을의 생명력과 희망의 물결은 결코 멈출 수 없는 힘찬 흐름이 되고 있었습니다.

학교와 마을은 더 이상의 미로 속이 아니었습니다.

지속

국제사회에서는 세계적으로 빈곤국의 어린이와 여성 및 주민들을 돕기 위한 구호활동을 전개하는 국제 NGO들이 많습니다. 이러한 큰 규모의 국제 NGO로서는 유엔의 유네스코(UNESCO)를 비롯하여 영국의 옥스팜(Oxfam)과 세이브더 칠드런(Save the Children), 미국의 케어 인터내셔널(CARE International)과 한국에서 시작된 세계적인 NGO인 월드비젼(World Vision) 등이 있습니다. 그리고 한국에서는 한국 국제협력단(KOICA)과 굿네이버스(Good Neighbors), 굿피플(Good People International) 등 많은 NGO들이 국제적으로 현재에도 활발하게 활동하고 있습니다. 이들 단체는 특히 빈곤 지역의 민간인 구호를 중심으로 식량, 물, 보건, 경제적 자립을 지원하는 단체들인데 이들은 규모는 상당히 크지만 성공한 사례와 실패한 사례를 동시에 갖고 있습니다.

특히 우물 설치와 학교 설립 프로젝트의 실패 사례들은 국제원조활동에서 매우 중요한 교훈을 제공하고 있었습니다. 예를 들면 말리의 한 지역에서 우물 파는 프로젝트를 실시했으나 우물을 마신 주민들이 심한 복통과 질병을 일으켜 실패한 사례, 에티오피아의 한 마을에서는 우물 설치 후의 수질 관리가 제대로 되지 않아 모두 오염된 사례, 그리고 수단에서는 우물의 소유권 문제로 마을 간 다툼이 벌어지면서 결국 못쓰게 된 사례와 건기 때 우물이 모두 말라버린 케냐의 사례들이 수도 없이 많이 있었습니다. 인도네시아의 한 섬 지역에서도 우물을 설치했으나, 지하수에 염분이 너무 많아 음용수로 사용하지 못하게 된 사례도 있었습니다. 지하수의 염분 농도를 사전에 파악하지 않고 우물을 설치한 것이 문제였습니다.

이러한 사례들은 현지 상황과 문화적, 정치적 문제들을 철저히 고려하지 않으면 프로젝트가 실패할 수 있다는 교훈을 줍니다. 성공적인 지속성을 위해서는 재정적 지원, 지속적인 관리, 그리고 지역사회와의 긴밀한 협력이 필수적입니다. 수레꾼이 우물 프로젝트와 학교 설립에서 실패하지 않았던 첫 번째 이유는, 학교 설립 후에도 매년 빠짐없이 학교의 어려움을 보살폈기 때문입니다. 기초생활을 책임지는 우물 관리 역시 매년 철저히 이루어졌습니다. 이러한 꾸준한 관심이야말로 수레꾼의 지속적인 성공을 가능하게 한 중요한 요인입니다. 이와 더불어, 수레꾼은 단순히 학교를 설립하는 데 그치지 않고, 지역 교사와 주민들의 생활에도 깊은 관심을 기울였습니다. 그들의 일상적인 문제에 공감하고 급여 등의 실질적인 도움을 주었으며, 특히 학교를 사립화하지 않고 공립학교로 전환시킨 결정 또한 중요한 전환점이 되었는데, 이는 학교의 위치를 보다 공고히 하는 동시에, 지역 주민들이 학교를 신뢰하고 자녀를 맡길 수 있는 기반을 마련해 주었습니다.

그 결과, 부모들은 자녀의 교육을 믿고 안심하며 생업에 몰두할 수 있게 되었고, 이는 가정의 빈곤 문제를 해결하는 데 큰 도움이 되었습니다. 이러한 안정감은 지역사회에 희망을 불어넣었고, 학교 역시 교사들의 헌신적인 노력 덕분에 조금씩 발전할 수 있었습니다. 강물이 주변 지역을 적시고 생명을 불어넣듯 수레꾼이 세운 초등학교와 중학교는 마을에 새로운 활력을 주는 강물이 되었습니다. 학교는 단순히 지식 전달의 장소를 넘어, 마을 사람들에게 미래로 나아갈 힘을 제공하는 원동력이 되어, 다른 나라들의 실패 사례와는 확연히 다른 성공의 길로 이끌었습니다.

전기가 들어오다

오랫동안
꿈을 그리는 사람은
마침내
그 꿈을 닮아 간다.
- 앙드레 말로

마침내 전기가 뽀디봉 마을에 들어왔습니다.(2022년)

전기가 마을과 학교에 공급되었다는 사실은 마을의 새로운 역사를 여는 신호탄과도 같았습니다. 초등학교가 세워지고(2008년) 마을의 생존을 위해 우물을 파던 일, 중학교가 세워진(2012년) 일까지, 마을의 변화를 가져왔던 커다란 전환점들이 있었지만, 전기 공급이 이루어진 이번 사건은 그중에서도 가장 획기적인 변화일 것입니다. 마을이 생긴 이래 길고 긴 어둠 속에서 오랫동안 겪어온 불편함과 고통이 전기라는 빛으로 말끔히 해소되는 기적 같은 일이 일어난 것이었습니다. 전기가 들어왔다는 소식은 희망의 문이 활짝 열리고 있다는 말처럼 들렸습니다. 그동안 꾸준히 준비해 온 공예학교 설립의 꿈이 한 걸음 더 가까워졌다는 생각에 기분이 날아오를 듯 벅찼습니다.

"전기가 들어왔으니 이제 뽀디봉 마을에 공예학교를 짓자!"
정말 이제는 때가 된 것이었습니다.

「자비를 나르는 수레」 오지에서 끌다

소매치기와 웽

묻노니
그대는 왜 푸른 산에 사는가.
웃을 뿐
답은 않고 마음이 한가롭네.
- 이백,《산중문답》중에서

코로나 상황이 여전히 계속되고 있었지만 그럼에도 불구하고, 캄보디아로 날아갔습니다. 수레꾼이 공예학교를 세우려는 이유, 그리고 그 공예학교가 어떤 역할을 해야 하는지에 대한 분명한 이해와 설명을 학교 교사들에게 해야 했습니다. 학생들이 교실이 부족해 구멍이 숭숭 뚫린 판자 교실에서 공부하고 있는 상황 속에서 왜 교실 증축이 아닌 공예학교 건립이 우선인지에 대한 의문을 품는 교사들이 있을 수 있었습니다. 하지만 수레꾼이 꿈꾸는 공예학교는 단순한 직업 교육을 넘어, 뽀디봉 마을과 학생들의 자립을 도울 수 있는 기반을 마련하는 것이었고, 더 나은 미래를 준비하기 위하여 반드시 넘어야 할 산이라는 것을 설명해야 했습니다.

백신 2차 접종 확인증을 발급받고 코로사 검사를 다시 받은 다음, '스카이 앙코르' 항공(캄보디아 국적의 항공 첫 취항)을 타고 프놈펜으로 향했습니다. 비행기 안에서는 승객 모두 마스크를 착용해야 하는 상황이어서, 기내에서도 긴장감이 역력했습니다. 프놈펜 공항에 내려 마중 나온 쌈앗 선생(스님에서 환속했으므로)의 차에 올라탄 후, 적막한 프놈펜 시내를 지나며 제 마음은 한없이 무거워졌습니다. 쌈앗 선생이 더 이상 승복을 입지 않고 일반인 복장으로 나타난 모습 때문이었습니다. 그가 승복을 벗어야만 했던 이유는 손과 발끝이 까맣게 타들어가는 병 치료 때문이었습니다. 오후 불식이라는 규율로는 쌈앗 선생의 병을 치료할 수 없었다는 말을 듣고는 마음이 짠해졌습니다. 그가 보내온 까맣게 변한 손끝과 발끝 사진을 보고 가슴이 철렁했습니다.

"장연수님이 암으로 세상을 뜨고 나더니 쌈앗스님까지…."

총무가 어렵게 구해서 챙겨준 약을 쌈앗 선생에게 건네면서 이렇게 말했습니다.

"이 약을 꼭 매일매일 잊지 말고 드셔야 해요. 반드시 손끝과 발끝이 까맣게 변하는 것이 멈출 거예요. 당신이 건강해야 이 일을 계속할 수 있습니다."

다음 날, 아침이었습니다.

톤레삽 호수에서 유유히 흘러내려오는 씨엠립강의 풍경과 승왕스님이 계신 웅장한 왓 우날롬 사원을 배경으로, 새로 산 아이폰 13을 삼각대에 세워서 동영상을 찍고 있었습니다. 저는 삼각대 옆에서 DSLR 카메라로 풍경을 찍고 있는 그 순간! 오토바이 한 대가 쌩하고 지나가더니, 갑자기 제 삼각대에 놓인 아이폰을 낚아챘습니다. 도망치는 오토바이 날치기들을 따라 뛰기 시작했지만, 이미 오토바이는 빠르게 저 멀리 사라지고 있었습니다. 옆에 있던 뚝뚝이를 잡아타고 필사적으로 쫓아갔지만, 복잡한 시장 골목으로 쏙 숨어버리고 말았습니다. 골목에 도착해 사람들에게 물어보았지만, 다들 손을 흔들며 모른다는 대답만 돌아왔습니다. 생애 처음 말로만 듣던 오토바이 날치기를 캄보디아 프놈펜 시내 한복판에서 당하는 순간이었습니다. 씨엠립에서 지갑을 소매치기 당한 이래 두 번째 일어난 도난사건이었습니다.

왓 우날롬 사원 뒤편, 요사채에 살고 있던 쌈앗 선생 방에 가서 쌈앗 선생을 급하게 불렀습니다. 그는 아침 일찍 찾아온 저를 보고 놀라며 물었습니다. 자초지종을 말하고 그와 함께 경찰서를 찾았습니다만, 아뿔사 경찰이 경찰서에서 나오는 것이 아니라 집인지 가게인지 모를 허름한 집에서 위통은 벌거벗고 아래는 크마에 스타일의 헐렁한 드레스를 입고 있은 채였으며, 그 옆에는 야전침대가 초라하게 놓여 있었습니다. 한국으로 말하자면 파출소였는데 경찰 간판도 없었습니다. 쌈앗 선생이 아무리 잊어버린 장소와 오토바이 날치기를 당한 상황을 설명해도 그 경찰은 치솔질을 하고, 세수를 하고, 옷을 차려입느라 한 시간이나 넘게 걸렸습니다. 한참을 물어보고 또 물어보고 하면서 종이에 끄적거리더니 그것으로 그만이었습니다. 저는 그냥 핸드폰만 잊어버리고만 상태가 되고 말았습니다.

그러나 문제는 컸습니다. 핸드폰이 없으니 제가 없어진 것하고 똑같은 상황이 벌어졌습니다. 아무것도 할 수가 없었습니다. 한국과 연락도 할 수도 없고, 캄보디아 내에서의 전화도 할 수 없었으며, 카톡도, 페이스북의 메신저 전화도 할 수 없었습니다. 큰일이었습니다. 쌈앗 선생의 연락을 받은 장학생 출신의 통 웽이 오더니 제 아이폰과 똑같은 버전의 아이폰 13을 내놓는 것이었습니다.

"이 폰을 쓰세요. 제가 드리는 거예요."
"뭐라고? 이렇게 비싼 아이폰을?"
"제가 좀 벌어요. 제 것은 또 있어요."

당시 통 웽은 비트코인으로 큰돈을 벌었다고 했지만, 훗날 그는 모아놓았던 모든 재산을 한순간에 날리게 되었습니다. 통 웽은 프놈펜 대학교 한국어과에 3학년으로 재학 중일 때부터 저의 통역을 맡아주었고 졸업한 이후에도 제가 뽀디봉 마을에 갈 때마다 함께 동행하여 통역을 해주던 장학생 출신이었습니다. 그는 지금 한국에서 근로자로 일하며 새 삶을 시작하고 있습니다. 제가 비트코인은 하지 말라고 했는데 그 덕에 새 아이폰을 받게 되니 참 인생은 아이러니합니다.

씨엠립에서 만난 교사들

쌈앗 선생과 함께 씨엠립으로 향했습니다. 우리는 초등학교 교사와 중학교 교사들을 씨엠립으로 내려오라고 했습니다. 교사들을 씨엠립까지 오게 한 이유는, 공예학교의 모델이 된 '아티산스 앙코르 워크샵'과 '쌍퇴르 당코르 워크샵'을 직접 보여주고 싶었기 때문이었습니다. 그동안 교사들과의 만남은 뽀디봉 마을을 벗어난 적이 없었지만, 이번에는 처음으로 학교 밖에서, 그것도 씨엠립까지 내려와 교사들과 함께할 기회를 마련한 것입니다. 프놈펜에서 씨엠립까지는 6시간, 뽀디봉 마을에서는 3시간이 걸리는 거리를 17명의 교사들이 내려와 참석했습니다. 먼저 교사들에게 실제로 잘 운영되고 있는 공예학교의 모습을 보여줌으로써, 향후 학교의 교육 방향을 함께 고민하고 새로운 기회를 모색하는 중요한 시간을 마련하고자 한 것이었습니다.

2022년 교사들과 함께(아티산스 앙코르 워크샵에서)

먼저 '아티산스 앙코르 워크샵'을 방문했습니다. 그런데 예상치 못한 상황이 벌어졌습니다. 이 유명한 워크샵을 찾던 그 많던 관광객들은 온데간데없고, 목공예, 석공예, 금속공예, 유화, 섬유공예 등을 배우던 학생들까지 모두 자취를 감추어버린 것이었습니다. 이곳은 1992년에 설립되어 30년 넘게 프랑스 민간인들이 캄보디

2022년 쌍퇴르 당코르 워크샵에서

아의 청소년을 무료로 공예기술을 가르쳐서 천 명이 넘는 장인들을 배출하여 캄보디아 공예산업에 큰 활력을 불어넣고 있는 워크샵이었습니다. 또한 공항 면세점의 많은 부스를 차지할 정도로 공예산업에서 시장점유율이 매우 높은 곳이었습니다. 그런데 작업장이 텅 비어버린 것이었습니다. 그렇게 북적거리던 젊은 공예가들은 아무도 없고, 작업장에는 먼지만 가득 쌓여 있었습니다. 오직 판매장만이 방문객을 맞이하고 있었습니다. 어찌 된 일인지 궁금하여 판매장 직원에게 물어보니, 그녀는 이렇게 답했습니다.

"코로나 때문에 어쩔 수 없이 작업장을 닫아야 했어요. 씨엠립을 찾는 관광객이 없으니, 운영이 불가능했습니다. 지금도 마찬가지이지요."

'쌍퇴르 당코르 워크샵'도 사정은 마찬가지였습니다. 정말 아름다운 정원과 잘 디자인된 건물로 멋지게 조성된 이곳에서 커피와 각종 허브, 아로마, 후추, 초, 비누 등을 수작업으로 생산하여 캄보디아 내에서 시장점유율이 매우 높은 곳이었지만 이곳도 방문객에게 설명해 주는 가이드만 남겨두고 모두 철수해버리고 만 것이었습니다. 그러나 교사들은 이곳에서 판매되고 있는 공예품을 보면서 모두 감탄하고 있었습니다. 그도 그럴 수밖에 없는 것이 뽀디봉 마을에서나 인근 도시인 썸라옹에서는 절대로 볼 수 없는 고가품의 제품들이었기 때문이었습니다.

코로나 사태로 텅 비어버린 공예 작업장을 보면서 교훈을 하나 얻었습니다.

"절대로 관광객을 상대로 한 제품은 만들지 말자!"

2023년 수레꾼 뽀디봉 공예학교를 짓다

4부

첫걸음

사랑의 말이 떠오르거든
지금 하라
미소를 짓고 싶거든
지금 하라

초등학교 졸업 여교사들

반짝이는 별을 보고 있으면
이 세상 깊은 어디에
마르지 않는 사람의 샘 하나
출렁이고 있을 것만 같다.
- 곽재구, 〈새벽 편지〉 중에서

　뽀디봉 마을에서 자동차로 약 10여 분쯤 북쪽을 향하여 올라가
다 보면 '롤루토미치(Roluos Thom, ᎏᎏᎏ)'라는 흙산 공원을
만납니다. 오랜 세월, 비와 바람으로 흙이 풍화되어 기묘하고 독특
한 형태를 이루고 있는 자연지형으로, 수준 높은 조각품을 전시하
고 있는 예술공원과 같아서, 보는 이로 하여금 저절로 감탄을 자
아내는 곳입니다. 이곳에 아주 허름하지만 나름대로 꽤 많은 사람
들이 한자리에 모일 수 있는 공간이 마련된 야외식당이 생겼습니
다. 마을에서 처음 생긴 식당이며 지금도 유일한 식당입니다. 물론
바닥을 만들거나 조경이 멋진 식당은 아니고 기둥 몇 개에 초가로
지붕을 얹어놓은 식당이었지만, 식당 주인도 뽀디봉 초등학교의
학부모였기에 매우 친절하게 우리를 맞이해 주었습니다.

　씨엠립 워크샵 견학에 참가하지 못한 중학교 교사들과 꼭찬리

2022년 수레꾼 초등학교 출신의 여교사들

초등학교 교사들을 이곳으로 모두 모여달라고 요청했습니다. 선생님들에게 공예학교 설립에 대한 당위성과 학교가 미래에 가져올 변화에 관하여 초등학교 교사들에게 설명한 내용과 똑같이 설명하고 그들의 이해를 구하기 위해서였습니다. 공립학교 설립에 대한 설명을 들은 교사들은 모두 좋다고 했지만 정말 마음으로 이해를 했는지는 알 수 없었습니다.

이 식당은 잊지 못할 추억이 있는 곳입니다. 코로나 상황이 오기 전인 2018년, 장학생들과 함께 봉사를 왔을 때였습니다. 이곳을 찾은 지 10년이 넘어가고 있었지만 학생들과 함께 이동하고 잠을 자야 했으므로 저녁이면 꼭 뽀디봉 마을을 떠나야 했습니다. 그동안 교사들과 오붓한 식사를 한 번도 가져본 적이 없었습니다.

티잉 힘 선생님에게 "꼭찬리 초등학교 교사들도 포함해서, 오늘 저녁에 모든 교사들이 모일 수 있을까요?" 하고 물었습니다.

티잉 힘 선생님은 잠시 생각하더니 이렇게 되물었습니다.

"뜨나옷 초등학교 교사들도 오고 싶어 해요. 그리고 옷따민쩨이 교육청의 관계자들도 초청해도 될까요?"

그렇게 해서 '롤루토미치' 흙산 공원에 있는 작은 야외 식당에 거의 80명이 넘는 이 지역의 교육 종사자들이 모두 한자리에 모이게 되었습니다. 그리고 마을 대표인 껌 싸룬(គឹម សារុន)도 초대를 했습니다. 당시 마을 대표는 우물을 파는 데 고생을 많이 했지만 우리가 지원한 돈을 가장 많이 착복해서 자신의 부를 일군 사람이어서 내심 내키지 않았지만 모두 참석하라고 했습니다.

전기가 들어오지 않는 식당에서 태양광 발전기의 희미한 불빛 아래, 선생님들과 우리 장학생들이 누구나 할 것 없이 한데 어우러져 노래를 부르고, 캄보디아의 전통춤을 추었습니다. 실로 흐뭇한 광경이었습니다. 시골 바람에 흩날리는 웃음소리와 노랫소리가 어두운 불빛 아래 가물거리며 날아가던 때를 지금도 잊지 못하는 허름한 야외식당입니다.

몇 년 전 이곳에서 있었던 코로나 이전의 추억을 떠올리고 그동안 코로나를 이겨내느라 고생한 교사들 모두를 썸라옹에 있는 한식당으로 초대를 했습니다. 교사들 가운데 썸라옹에 살고 있는 분들이 제법 많기 때문이었습니다. 4년 만에 첫 회식 자리였으며 모두가 모이는 두 번째 회식 자리였습니다. 나는 한 교사에게 물었습니다.

　　"선생님들은 이런 자리를 자주 갖나요?"

　　"아니요? 저희는 이런 자리를 갖지 않아요. 저희는 돈이 없어서 전체 교사가 모여서 이처럼 저녁 먹는 일은 거의 없습니다."

　　그랬습니다. 지금 교사들의 월급은 월 300$에서 350$ 사이입니다. 그래서 대부분의 교사들은 방과 후에 농사를 짓거나 장사를 하거나 하는 등의 부업을 하고 있었습니다.

　　통역을 하던 통 웽이 저의 귀에다 대고 말했습니다.

　　"선생님 옆에 앉아계신 여선생님이 뽀디봉 초등학교 졸업생이래요."

　　깜짝 놀랐습니다. 그 험난하고 척박했던 시절, 우리가 세운 초등학교를 다니던 작은 아이가 훌쩍 자라 뽀디봉 초등학교의 선생님이 되어 있다니요. 이 말을 듣는 순간, 눈물이 핑 도는 것은 너무도 자연스러운 일이었습니다. 눈물을 흘리는 저의 눈에서 눈물을 닦아주는 선생님들의 손길이 따듯해 눈물의 맛도 아주 달콤했습니다. 물도 전기도 없던 열악한 환경에서, 뜨거운 뙤약볕 아래 먼지 날리는 길을 걸어 다니며 배웠던 그 아이가, 이제는 자랑스럽게 모교에서 교편을 잡고 있다는 사실은 이루 말할 수 없는 감동이었습니다. 척박한 땅에서 피어난 한 송이 꽃, 바로 그 꽃이 이 어린 여선생님이었습니다. 그녀는 수레꾼이 뿌린 씨앗이 어떻게 꽃을 피우고 열매를 맺는지 보여주는 살아 있는 증거였습니다.

웽이 또 말합니다.
"맞은편에 앉아계신 여선생님도 졸업생이라고 하네요?"

이렇게 해서 저는 뽀디봉 초등학교를 졸업하고, 다시 모교로 돌아와 교사가 된 '숫 나랏(Soth Narath)' 선생님과 '못 사쿤(Mot Sakuun)' 선생님을 만나게 되었습니다. 그 기쁨은 이루 말할 수 없었습니다. 숙소로 돌아와서도 잠을 설칠 만큼 가슴이 벅찼습니다. 숫 나랏 선생님은 학교에서 수업을 마친 후, 마을의 작은 가게에서 어머니를 대신해 주유기를 돌리며 마을 사람들에게 휘발유를 파는 일을 돕고 있었습니다. 이 두 선생님들은 나란히 이웃에 살고 있었고, 두 가정의 부모님들은 딸들이 이렇게 훌륭하게 자라 교사가 된 것을 자랑하며 기쁨을 나누고 있었습니다.

수레꾼은 구멍이 숭숭 뚫린 두 개의 판자 교실에 나무로 비가림을 하라고 1,500$, 전기가 들어온 기념으로 뽀디봉 초등학교와 꼭 찬리 초등학교, 그리고 수레꾼 뽀디봉 중학교의 모든 교실마다 선 풍기를 설치하라고 총 24개의 선풍기(1,500$)를, 화단을 만들어 예 쁜 학교 뜰을 만들어 보라고 돌과 모래(300$)를, 컴퓨터와 모니터, 프린터, 시멘트 50포대, 그리고 칠판 교체 등의 시설에 1,700$, 중 학교 타일 보수비 250$, 씨엠립 견학 유류 지원비 150$ 등, 총 약 500만 원의 지원을 마치고 다시 프놈펜을 거쳐 한국으로 돌아왔 습니다.(하루에도 몇 편씩이나 운항하던 씨엠립 행 항공편은 모두 없어져서 뽀디봉 마을에 가려면 이제는 프놈펜으로 해서 멀고 먼 길을 가야 했습니다.)

판자 교실 새로 짓다

길은 끝이 없구나.
강에 닿을 때는
다리가 있고
나룻배가 있다.
- 천상병, 〈길〉 중에서

공예학교를 짓는 일은 더디지만 한 걸음 한 걸음 앞으로 나아가고 있었지만 늘 마음에 걸리는 것이 있었습니다. 다름 아닌 구멍이 숭숭 뚫린 판자 교실에서 공부하고 있는 아이들의 모습이었습니다. 중학교와 초등학교에는 네 개의 판자 교실이 있었는데, 공예학교를 짓기 전에 이 교실들을 먼저 해결하지 않으면 안 될 것만 같았습니다. 급한 대로 두 개의 교실만이라도 벽돌로 교실을 짓는 대신 다른 방법으로 해결하는 방법은 없는지 쏘리야 교장에게 물었습니다. 교장은 우선 철 기둥을 세우고 벽돌은 반만 올리고, 나머지는 벽돌 대신 철판으로 벽과 지붕을 대치하는 방법을 제안했습니다. 마무리 작업은 교사들과 장학생들이 힘을 합치면 7,000$ 정도면 교실 두 개를 지을 수 있다는 답이 돌아왔습니다. 한화로 치면 약 850만 원에서 900만 원 정도 되는 금액이었습니다.

페이스북과 카카오톡을 통해 수레꾼 회원과 지인들에게 도움을 요청했습니다. 이번에도 놀랍게도, 마스크 후원 때처럼 모금을 시작한 지 열흘 만에 850만 원이 모아졌습니다. 겨우내 꽁꽁 얼어붙었던 나뭇가지에 새싹이 돋는 기분이었습니다. 기쁜 마음을 안고 쌈앗 선생에게 교실 건축 비용을 송금한 뒤 캄보디아로 향했습니다. 이번 봉사에도 졸업생을 포함해 모두 25명이 참가했으며, 장학생 중에는 대학생 승려 세 명도 포함되어 있었습니다. 프놈펜에서 버스를 타고 늘 그러했듯이 서로 자기소개를 나누고, 봉사의 취지를 설명하며, 노래를 부르며 웃음꽃을 피우며 쌈라옹에 도착했습니다. 그리고 그다음 날부터 사흘간의 고된 작업이 시작되었습니다.

삽으로 흙을 퍼서 플라스틱 양동이에 담고, 그것을 양쪽에서 들고 날라, 교실 바닥을 평평하게 고르는 작업이었습니다. 수레도 없이, 맨몸으로 넓은 교실 바닥에 흙을 퍼 나르는 작업은 정말 힘든 작업이었습니다. 여학생, 남학생 누구랄 것도 없이 웃음을 잃지 않고 땀방울을 흘리며 일하는 대학생들의 모습을 보고 있자니 한편으로는 안쓰럽기도 했지만, 서로 힘을 모아 즐겁게 일을 하는 모습이 더없이 자랑스러웠습니다. 수레꾼이 해야 하는 일 가운데 하나는 자국의 봉사는 자국인이 한다는 정신을 일깨워주는 일이었는데 그것이 해가 갈수록 정착되고 있었습니다.

교실 바닥에 이틀 동안 흙을 채워 넣고, 셋째 날부터는 본격적

2022년 판자 교실에서 공부하고 있는 초등학교 아이들

으로 흙을 다지는 작업에 들어갔습니다. 커다란 통나무를 잘라 손 잡이를 달고 흙을 단단히 다지는 작업이 이어졌습니다. 남학생들은 교실 벽면에 철판을 덧붙였습니다. 넷째 날에는 시멘트를 개서 교실 바닥을 평탄하게 다듬고, 지붕에 철판을 올리는 작업이 병행되었습니다. 이 모든 과정을 교사들과 장학생들이 하나가 되어서 해냈습니다. 마침내 사흘 만에 두 개의 멋진 교실이 완성되었습니다. 이제는 바람이 불고, 비가 와도 책가방을 싸 들고 본 교실로 피난 가는 일은 없어졌습니다. 그리고 초등학교와 중학교 모든 교실 벽마다 시원한 바람을 선사할 선풍기가 설치되도록 했습니다. 새로 지은 철판 교실에도 선풍기가 돌아가기 시작했습니다. 전기가 흐르니 교실마다 생기가 깃들었고 밝은 전깃불이 들어오니 더할 나위 없이 참 좋았습니다. 작은 시냇물에서 시작된 수레꾼의 모습은 이렇듯 큰 시냇물이 되어 더 넓고 푸른 강으로 흘러가고 있었습니다.

봉사를 마치고 장학생들과 함께 씨엠립에 도착했습니다. 그곳에서 앙코르 와트를 배경으로, 교실을 짓느라 수고한 장학생들에게 장학금을 전달했습니다. 앙코르 와트는 단순한 유적지가 아니라, 찬란했던 크메르 제국의 문화와 역사를 상징하는 기념비적인 건축물이자, 크메르인들의 자부심이 깃든 장소입니다. 그런 역사적인 공간에서 장학금을 전달하고 함께 사진을 찍는 순간, 그 사진은 단순한 기념사진을 넘어 깊은 상징성을 지니게 되었습니다.

시간이 흐르며 졸업생들 중에는 결혼해 자녀를 둔 이들도 생겼고, 프놈펜이나 고향에서 각자의 자리에서 열심히 일하며 새로운 삶을 개척해 나가고 있었습니다. 캄보디아 곳곳에서 뿌리를 내리고 열매를 맺어가는 장학생들의 모습은 그 자체로 깊은 기쁨과 보람을 안겨주었습니다.

공예학교의 콘텐츠?

문을 열면
모든 길이 일어선다.
- 강은교, 〈길〉 중에서

가슴 속에 걸림돌처럼 남아 있던 판자 교실 문제는 어떻게든 해결되었지만, 공예학교에서 다뤄야 할 과제가 본격적으로 시작되었습니다. 우선, 어떤 공예 콘텐츠로 시작할 것인가를 결정하고, 선택된 콘텐츠를 실현하기 위한 구체적인 계획과 실행 방법을 단계적으로 마련해야 했습니다.

우선 '아티산스 앙코르 워크샵'에서 수제로 제작되는 목공예품에 관심이 집중되었습니다. 그러나 목공예를 하려면 대상이 있어야 했습니다. 그러던 중 수년간 페이스북 친구로 맺은 이장옥 화가의 작품에 주목하게 되었습니다. 특히 작가의 작품인 귀여운 동자승이 마음을 사로잡아, 용기를 내어 메신저로 연락을 드렸습니다. 수레꾼의 과거 활동과 공예학교의 비전을 간단히 설명드리고, 선생님의 작품 속 동자승을 3D 모형으로 제작해 목공예품으로 만들고 싶다는 뜻을 전했더니 뜻밖에도 작가님은 작품의 저작 사용권을 흔쾌히 허락해 주셨습니다.

작가의 작품을 3D 캐릭터로 모델링하고, 3D 프린터를 이용해 시제품을 만들어 보았습니다. 비록 이 작업은 앞으로도 꾸준히 이어가야 할 과제였지만, 그 과정은 결코 쉽지 않았습니다. 특히 작가들과의 네트워크가 부족하다는 점은, 마치 나침반 없는 배로 항해하는 것과 같았습니다. 공예학교에 생명력을 불어넣어 줄 작가들과의 네트워크 구축은 중요한 과제였지만, 이는 차츰 해결해 나가기로 마음먹었습니다. 그러나 또 다른 고민이 떠올랐습니다. 공예학교가 목공예에만 머물러서는 안 된다는 것이었습니다. 이 오지에서 목공예 외에 어떤 공예 분야를 다루는 것이 가장 적합할지, 그 방향성을 찾기 위한 고민이 점점 더 깊어져 갔습니다.

그래서 수년간 페이스북 친구로 계신 최경란 선생님의 활동을 눈여겨 보았습니다. 그분은 독거노인과 노숙자들에게 식사와 반찬을 제공하시는 한편, 다양한 퀼트 작품을 직접 만드시고, '연금술사'라는 봉제 모임을 지도하시는 분이었습니다. 먼저 선생님께 메신저를 통해 공예학교 설립 계획을 말씀드리고 도움을 요청드렸습니다. 다행히 선생님께서는 공예학교의 취지에 깊이 공감해 주셨고, 멀리 대전에서 경북 봉화까지 선뜻 방문해 주셨습니다. 함께 만나 구체적인 방안을 논의했지만, 현실의 벽은 높았습니다. 무엇보다도 두 가지 큰 문제가 우리를 가로막고 있었습니다. 첫째, 캄보디아의 옷감 생산과 봉제 시장에 대한 정보가 없었으며, 둘째, 공예학교를 설립한다 해도 오지에 위치한 학교에서 공예를 가르칠 교사를 구할 수 있을지 확신이 없었습니다.

특히 교사 부족 문제는 공예학교 운영에 있어 치명적인 장애가 될 가능성이 컸습니다. 훌륭한 공예 교사를 찾지 못한다면, 학교 설립 자체가 무의미해질 수 있음을 절감하며, 현실적 과제들을 하나씩 해결해야 할 필요성을 다시금 느꼈습니다. 우리는 먼저 캄보디아에 직접 가서 시장조사를 해야 한다는 데 의견을 모았고, 이후의 계획은 차차 세워 나가기로 결정했습니다.

시장조사 1

우리들은 모두
무엇이 되고 싶다.
나는 너에게
너는 나에게
- 김춘수, 〈꽃〉 중에서

나무를 활용한 목공예와 옷감을 이용한 퀼트공예, 이 두 분야를 어떻게 이끌어갈 것인가에 대한 구체적인 계획이 필요했습니다. 먼저 앙코르 제국의 예술품과 크메르 민족의 깊은 역사 속에 흐르는 앙코르인들의 DNA를 바탕으로, 그들의 예술적 유산을 되살리는 데 초점을 맞추기 시작했습니다. 비록 현재의 캄보디아는 가난과 크메르 루즈의 대학살로 인해 수많은 예술가들이 사라지고, 예술 분야가 퇴보의 길을 걷고 있지만, 그들의 유전적 자산 속에는 여전히 예술의 불씨가 남아 있다고 믿었습니다. 그 불씨를 다시 피워내는 것이야말로 공예학교의 생명선이라 생각했습니다.

그러던 어느 날, 수레꾼 장학생 출신인 옴 모레이가 떠올랐습니다. 그는 관광경영학과를 졸업했지만, 직장에 들어가지 않고 자영업을 하고 있었습니다. 몇 년 전 그가 졸업했을 때 제가 그에게 물었던 대화가 기억났습니다.

"왜 취직을 안 하고 봉제품을 만들고 있지?"
"취직하면 월급이 너무 적어서요. 제가 직접 물건을 만들어 팔아서 돈을 버는 게 낫겠다고 생각했어요."

모레이는 학생 시절에는 프놈펜 국립박물관 앞에서 수레를 세워놓고 모자와 머플러, 지갑 등을 진열해 놓고 판매하고 있었습니다. 저는 박물관에 갔다가 우연히 그와 마주치고는 가슴이 울컥했던 기억도 있었습니다. 당시에 그는 집이 너무 가난해서 방을 얻을 돈조차 없었습니다. 그래서 해외 출장이 잦았던 쌈앗스님 방에서 몇 명의 대학생들과 함께 지내고 있었습니다.

코로나 19가 끝나갈 무렵, 그에게서 문자가 왔습니다. 그는 팬데믹 동안 마스크를 비롯한 봉제 제품을 팔아 모은 돈으로 땅도 사고 재봉틀도 마련해, 다섯 명의 종업원을 두고 봉제품을 만들고 있었는데, 갑자기 어머니가 암에 걸려 병원비로 모은 돈을 모두 썼다는 것이었습니다. 그에게 뭔가 도움의 손길이 필요함을 느꼈습니다. 저는 그로부터 도움도 받고, 도움도 주고 할 결심을 하며 그에게 물었습니다.

"수레꾼이 지금 공예학교를 세우고 있는데, 네 도움이 필요해.

봉제품 시장과 원단 시장에 대해 우리를 도와줄 수 있겠니?"

그는 말했습니다.

"저는 주로 판매만 담당해요. 봉제 시장이나 옷감에 대해서는 제 아내가 더 잘 알아요. 그녀에게 물어보시는 게 좋을 것 같아요."

그의 아내의 이름은 수지따였습니다. 수지따라는 이름은 석가모니가 6년 간의 고행을 마치고 네란자라 강가에서 목욕을 하신 후, 지나가던 여인에게서 우유죽을 받으셨는데, 그 여인이 바로 수지따였습니다. 저는 수지따에게 여러 가지 시장 상황에 대해 물었고, 공예학교의 설립 취지와 앞으로의 방향에 대해서도 영문으로 작성하여 그녀에게 보냈습니다. 그녀는 이렇게 대답했습니다.

"프놈펜에 오신다면 제가 직접 잘 안내해 드리겠습니다."

이제 프놈펜으로 가서 시장조사를 본격적으로 시작할 때가 온 것입니다.

시장조사 2

나는 간다.
모진 바람이
휘몰아치는 대로
- 베를렌, 《가을의 노래》 중에서

이렇게 해서 2023년 3월, 최경란 선생님과 함께 프놈펜으로 날아가 수지따를 만났습니다. 이번 여행은 그동안 준비해 온 공예학교 설립을 위한 사전 작업으로, 다음과 같은 과제를 해결해야 했습니다.

1. 교실 부지는 어디에 지을 것인가?
2. 교실 건축 예산은 어느 정도가 적정한가?
3. 어떤 종류의 공예품을 제작할 것이며, 그 제품의 시장성은 있는가?
4. 공예 교사를 확보할 수 있는가?
5. 교사의 급여는 얼마로 책정해야 하는가?
6. 공예학교에 설치될 자재들의 가격과 수량은 얼마가 들어야 할까?

이 중에서 가장 첫 번째로 알아야 하는 것은 원단 공급원을 찾고 원단의 도매가격 수준이 적정한가를 따져봐야 하는 것이었습니다. 쌈앗 선생님의 사무실에서 옴 모레이와 그의 아내 수지따편, 통역의 통 웽, 그리고 최 선생님이 한자리에 모여 긴 회의를 했습니다. 그 결과, 여러 옷감 생산공장과 모레이의 작업공장을 먼저 둘러보기로 했습니다. 모레이의 작업장은 봉제공장이라고 하기에는 너무도 작은 10평도 되지 않는 아주 작은 공간이었습니다. 이곳에 다섯 대의 재봉틀을 들여놓고, 직원 다섯 명이 가방, 머플러, 모자, 지갑 등을 만들어내고 있었습니다.

더 안타까운 것은 직원들이 작업을 마치고 돌아가면 그 작업실이 곧 그들의 집이었습니다. 작업실 안에 허름한 나무 구조물로 얼기설기 짜서 반 층을 따로 올린 다음, 다섯 살 된 아들과 함께 그곳에서 살고 있었습니다. 온갖 천과 재료들이 가득하여 발 디딜 틈 없는 작은 공간에서 젊은 부부는 아기를 키우며 봉제품을 만들고, 그것을 판매하기 위해 동분서주하고 있었습니다. 좁고 불편한 공간 속에서 임신 5개월의 몸으로 꿈을 향해 애쓰고 있는 수지따의 모습이 참으로 장해 보였습니다.

그녀는 모레이와 같은 대학을 졸업하지는 않았지만, 역시 관광경영학을 전공한 인재였습니다. 프놈펜 국립박물관의 기념품 가게에서 일하며 학업을 병행하던 그녀는, 박물관 앞 노상 수레에서 물건을 팔던 모레이의 프로포즈를 받았고, 두 사람은 결국 결혼에 이르게 되었습니다. 모레이는 박물관에서 그리 멀지 않은 쌈앗스님의 방을 거처로 삼고 있었는데, 기념품 가게에 새 물건이 입고되면 수지따의 물건을 대신 들어다 주고, 우기에는 비를 맞지 않게 우산을 받쳐주었고, 물건을 쌓을 곳이 없을 때는 스님의 방에 물건을 보관해 주기도 했습니다. 이렇게 작은 도움을 계속 주면서 모레이는 조금씩 수지따와 가까워졌고, 결국 그의 작업은 성공을 거둔 셈이 되었습니다. 박물관 앞 수레에서 시작된 소박하면서도 예쁜 사랑이야기를 듣고는 저는 빙그레 웃었습니다.

저는 모레이에게 물었습니다.
"한 달 수입은 얼마나 되지?"
"직원들 월급을 주고 나면 500$를 넘길 때도 있고, 못 넘길 때도 있어요."

그들은 다섯 명의 직원을 두고도 월 수입 500$를 넘기기 힘든 상황에 놓여 있었습니다. 그들이 만든 제품을 살펴보니, 시장에서 경쟁력을 갖추기 위해서는 더 많은 노력이 필요해 보였습니다. 제품의 차별화와 품질 향상을 통해 제품 수준을 끌어올리는 것이 그들에게 절실한 과제로 보였습니다.

모레이의 작업실을 나온 다음 원단을 공급하는 공장을 직접 찾아갔습니다. 프놈펜 시내에서 뚝뚝이를 타고 약 한 시간 반을 달려

도착한 곳은 꽤 규모가 큰 원단 생산공장이었습니다. 반자동 직조기가 60여 대 설치되어 있었지만, 실제로 가동 중인 기계는 고작 10여 대에 불과했습니다. 이 공장은 크메르 스타일의 중저가 원단을 직조하고 있었습니다. 공장장은 매우 친절하게 자신의 공장을 안내해 주었습니다. 코로나의 여파로 공장의 생산 규모는 크게 축소된 상태였고, 팬데믹이 여전히 끝나지 않은 상황이어서 이 공장도 정상적으로 회복하기에는 더 많은 시간이 필요해 보였습니다.

수지따에게 물었습니다.
"지금 우리가 본 원단보다, 더 품질이 우수한 원단도 캄보디아에서 생산되고 있나?"
수지따가 대답했습니다.
"네, 있어요. 캄보디아에서 원단 생산의 중심지는 따께우(Takeo)예요. 그곳에 가면 캄보디아에서 최고 품질의 원단을 구할 수 있고, 원단을 직접 만드는 과정도 볼 수 있어요."

우리는 캄보디아에서 최고 수준의 원단을 보기 위해 다음 날 따께우로 향했습니다.

따께우

꿈을 계속 간직하고 있으면
반드시 실현할 때가 온다.
- 괴테

따께우는 캄보디아 남부에 위치하고 있는 작은 도시로 프놈펜에서 자동차로 약 2시간이 걸리는 곳에 있었습니다. 크메르어로 '할아버지의 수정'을 뜻하는 이 도시는 옛 푸난(Funan, 扶南) 시대인 1세기 무렵부터 인도와 중국으로부터 직물 기술이 들어온 것으로 추정되고 있어서인지 현재까지도 캄보디아에서 전통 직물의 중심지가 되어 있었습니다. 우리는 따께우 도시에 도착한 후에도 약 30분쯤을 비포장길을 더 달려서 한 작은 마을에 도착했습니다. 마을의 겉모습은 먼지가 날리는 뽀디봉 마을과 거의 흡사해 보였지만 이 마을의 놀라운 점은 100여 년 전부터, 모든 마을 사람들이 실크 직조 기술을 갖고 이 분야에 종사해 왔던 전통 있는 실크 마을이라는 것이었습니다. 마치 한국의 안동의 안동포, 한산의 모시, 진주의 비단 등과 같이 지역과 제품이 한데 어울려 유명해진 것처럼, 이 마을도 캄보디아에서 가장 품질이 뛰어난 실크를 생산

258　『자비를 나르는 수레』 오지에서 끌다

하는 지역으로 정평이 나 있는 곳이었습니다.

수지따를 따라 집 마당에 들어서자, 인간문화재급의 남녀 두 분이 손수 직조기 앞에서 실크를 짜고 있었습니다. 그들이 만들어내는 실크 문양은 캄보디아 전통 문양뿐만 아니라 프랑스나 이탈리아로부터 직접 받아온 현대적인 디자인까지 포함해, 세계적 수준의 고급스러움을 자랑하고 있었습니다. 그들이 직조한 실크 원단을 직접 살펴보니, 아름다움과 정교함에서 어느 곳에 내놓아도 손색이 없는 품질이었습니다. 한국에서 판매되는 소매가의 1/10 수준에 불과하다는 사실에 더욱 놀라웠습니다.

2022년 고급실크를 수작업으로 직조하고 있는 따께우 마을

뽀디봉 마을과 다름없어 보이는 이 작은 마을에서 캄보디아 전통과 현대디자인이 어우러진 고품질의 원단이 생산되고 있는 것을 보고 우리는 한껏 고무되었습니다. 우리 마을도 수레꾼 공예학교를 통해 캄보디아를 대표할 수 있는 브랜드를 만들어낼 수 있을 것이라는 자신감이 불쑥 솟아났습니다. 그동안 가졌던 걱정스러웠던 마음은 한결 가벼워졌습니다. 원단을 구하지 못해서 중국산을 수입해야 할지도 모른다는 우려는 이번 방문을 통해 씻은 듯이 덜어낼 수 있었습니다.

우리는 다시 프놈펜으로 돌아와 재봉틀 시장에 가서 재봉틀의 가격을 세세하게 물어보고 봉제에 필요한 부자재 시장까지 모두 돌아보았습니다. 그리고 수지따를 공예학교의 봉제 선생님으로 초빙할 것을 논의했습니다. 하지만 수지따의 안목을 더욱 넓혀주는 것이 교사로 초빙하는 일보다 먼저 해야 할 일이라고 생각해서 그녀의 한국 유학 계획을 짜기 시작했습니다. 수지따도 한국 유학이라는 제안에 동의했고, 우리는 그녀를 맞이할 준비를 시작했습니다.

작은 불씨, 타오르다

사막은 어딘가에
샘을 숨기고 있기에
더욱 아름다운 거야.
- 생텍쥐페리, 《어린왕자》 중에서

캄보디아를 하늘에서 내려다본 경험이 있는 한국 사람들은 그
리 많지 않습니다. 물론 현지에서 사업을 하시는 분들이라면 캄보
디아 국내선을 이용할 기회가 많으시겠지만, 그렇지 않은 한국인
들은 인천공항에서 캄보디아로 가는 비행기가 모두 밤에 갔다, 밤
에 되돌아오기 때문에 캄보디아의 칠흑같이 어두운 밤하늘은 볼
수 있어도 캄보디아의 대평원은 볼 수 없습니다. 현재도 캄보디아
국내선은 프놈펜-씨엠립과 씨엠립-시아누크빌 두 노선만 운영되
고 있습니다. 이 비행기를 타고 하늘에서 내려다보면 산이 하나도
없이, 입을 꾹 다물고 온통 초록으로 침묵하고 있는 캄보디아의 대
평원을 내려다볼 수 있습니다. 한국처럼 산이 많은 나라에서는 결
코 경험할 수 없는 장관입니다. 하지만 지상에 내려와 보면 곳곳에
버려진 쓰레기와 오토바이 매연, 바람에 날리는 먼지와 흙물투성
이인 것이 오늘날의 캄보디아의 현실입니다.

프놈펜에서 뽀디봉 마을까지는 너무 멀었기에, 때때로 국내선 비행기를 타고 싶은 유혹이 들기도 했지만, 늘 그 유혹을 떨쳐내고 다시 12시간의 긴 여정을 떠나 학교로 향했습니다. 이번 방문에서는 공예학교를 지을 위치와 규모를 논의하고 최종 결정을 내려야 했습니다. 그동안 학교를 짓기 위해 모은 자금은 약 65,000$였고, 이 가운데 교실 짓는데 사용할 수 있는 예산은 35,000$를 넘지 않아야 했습니다. 나머지 돈은 학교 운영과 설비 투자에 사용해야 했기 때문입니다.

초등학교와 중학교의 모든 교사들이 교무실에 모두 모였습니다. 이 자리에서 그동안 모아둔 공예학교 설립자금을 모두 공개하고, 35,000$로 학교 건물을 지을 수 있는지 의견을 구했습니다. 또한, 공예학교는 목공예반과 섬유공예반, 두 가지 분야로 시작한다고 공식적으로 발표했습니다. 중학교 교장인 티잉 힘은 말했습니다.

"그 돈이면 교실을 일자 모양으로 교실 3개를 붙여서 지을 수 있어요."

이 말을 듣는 순간, 지난 5년 동안 머릿속을 수없이 스쳐 지나간 많은 생각들이 떠올랐습니다. 공예학교를 세우겠다는 계획을 세웠다가 지우고, 기금이 모이지 않아 좌절했다가도 다시 희망을 품고, 결국은 '포기할 수밖에 없어' 하면서 포기했다가도 '여기서 포기할 수는 없어!' 하면서 '다시 힘을 내자!' 하고 되뇌었던 시간들이 주마등처럼 지나갔습니다. 그러나 한편으로는 무척 아쉬웠습니다. 마음으로 그렸다가 지우고, 그렸다가 지우면서 완성했던 그림이 있었습니다. 교실 앞마당에는 예쁜 정원을 꾸미고, 교실과 복도는 오픈형으로 시원하게 연결되는 (ㄷ) 자 디자인으로 짓고 싶었지만, 상상했던 그림은 물거품이 되어버리고. 캄보디아의 보통 학교들처럼 결국 똑같이 일자형 건물로 지을 수밖에 없게 된 것이었습니다.

"좋아요. 그렇게라도 일단 지읍시다."

이렇게 해서 35,000$로 교실 세 개를 일자형 건물로 짓기로 최종 결정을 내렸습니다.

그날 저녁, 쏘리야 교장 선생님의 집 뒷마당에서 선생님들 모두가 모여 축하의 자리를 가졌습니다. 학교 위 밤하늘에 총총히 떠 있는 별들을 바라보며 우리는 "쫄무이! 쫄무이!(위하여! 건배!)"를 외치며 축배를 들었습니다. 지난해 교사들과 함께 방문했던 '아티산스 앙코르 워크샵'과 '쌍퇴르 당코르 워크샵'에서 떠올렸던 상상의 작은 불씨가 마침내 불꽃처럼 활활 타오르기 시작하는 밤이었습니다. 꿈이 서서히 현실이 되어가는 아름다운 밤이었습니다.

이 마을의 가장 큰 문제인 가난의 문제를 근본적으로는 해결할
수는 없지만, 교육 기회와 생활 환경 개선을 통해 그것을 해결할
수 있다고 판단하고, 초등학교를 지은 지 13년째가 되는 해입니
다. 학교와 마을을 둘러보니 참 많이 변했습니다. 꽃이 학교에 피
어 있었습니다. 학생들은 그 꽃밭에 물을 주고 있었습니다. 물도,
전기도, 꽃도, 나무도 없던 곳에 망고도 있고, 코코넛도 있고, 바나
나도 있고, 꽃도 피는 곳이 되었습니다. 바라밀 꽃이 활짝 핀 화엄
의 세계가 된 것이었습니다. 한국의 보현보살들이 피워낸 화엄의
세계가 바로 이곳 뽀디봉 마을입니다.

바뀐 교실 디자인

오늘 또 다른
새날이 밀려왔다.
- 칼라일, 《오늘》 중에서

학교 건물을 일자형으로 짓기로 합의하고 돌아왔으나 아쉬움
이 가시질 않았습니다. 많은 분들의 정성과 마음이 모여서 지어지
는 공예학교였으니, 그에 걸맞게 아름답고 독창적인 디자인으로
짓고 싶었지만, 기금 부족이라는 현실 앞에서 어쩔 수 없는 일이었
습니다. 한국으로 돌아온 지 일주일쯤 지난 어느 날, 쌈앗 선생에
게서 페북 메신저를 통해 몇 장의 이미지가 도착했습니다.

"이런 디자인으로 교실을 지으면 어떨까요?"

이미지를 열어 본 순간, 저는 깜짝 놀랐습니다. 바로 제가 처음
에 구상해서 제시했던 'ㄷ자 모양'의 교실 디자인과 약간의 추가
경비를 절충한 나름대로의 멋진 설계였습니다. 볼품없는 일자 모
양의 교실과는 비교가 되지 않으니 감탄이 절로 나왔습니다.

2023년 여름 드디어 공예학교 건물이 완성되다

"좋아요, 좋아!"

"미스터 오! 이렇게 짓자면 15,000$가 더 필요해요. 당신은 가능합니까?"

환율이 무척 올라서 15,000$이면 2천만 원에 가까운 돈이었습니다. 계산기를 두드려보니 보통 난감한 일이 아니었습니다. 하지만 개성이 거의 없는 일자 모양의 학교를 짓기는 싫었습니다. 대표님과 깊이 상의한 끝에 "한 번 짓는 건물인데 후회는 하지 말자!" 하고 새로 설계된 디자인으로 가기로 결정했습니다. 소프트웨어에 들어갈 비용이 모자라게 될 것이 걱정되지 않는 것은 아니었지만, 어차피 산은 넘고 물은 건너야 하는 법. 고민은 뒤로 미루고, 배에 힘을 주고 힘차게 나아가기로 했습니다.

이렇게 해서 2023년 5월 22일, 지난 5년 동안 학수고대했던 공예학교의 첫삽을 떴습니다. 모든 공사 진행은 쌈앗 선생이 맡고, 쏘리야 교장이 현장을 지휘해서 3개월의 공사 기간을 거쳐, 마침내 세 개의 교실을 가진 하얀 색의 빨간 지붕을 얹은 멋진 공예학교 건물이 세워졌습니다.

다시 프놈펜

거북이는
고개를 내밀어야만
앞으로 갈 수 있다.
- 제임스 브라이언트 코넌트

10월(2023년)이 되었습니다. 세 개의 교실이 완성되었으니 교실에 필요한 것들을 꼼꼼히 점검할 시점이 되었습니다. 큰 목록을 작성하고 빠진 것들이 없는지 세세하게 들여다봤습니다.

1. 교사의 확보
2. 전기시설 설치
3. 목공기계 구입
4. 재봉틀 구입
5. 칠판, 책상, 의자 등의 기본 교구

이렇게 목록을 작성한 후, 급한 일부터 차근차근 처리해 나가기로 했습니다. 학교를 정식으로 출범시키려면 모든 준비가 완벽하게 갖춰져야 가능하기 때문이었습니다. 봉제 교사는 내년에 수지따가 한국에서 교육을 받고 돌아온 후에 맡을 예정이었기에, 당장 시급한 과제는 목공을 가르칠 교사를 확보하는 일이었습니다.

쏘리야 교장에게 물었습니다.

"학교에 필요한 책상과 의자를 만들어야 하는데 이것을 만들 수 있는 사람을 썸라옹에서 구할 수 있을까요?"

"우리 마을에 학부형이지만 뜨리(Tri)라는 분이 계시는데 일을 아주 잘하세요."

"그러면 그분한테 목공에 관심 있는 선생님들한테 목공을 가르쳐줄 수 있나 물어보세요."

지난 봄, 학교에서 선생님들과 함께 공예학교에 대해 논의할 때, 자신들도 목공을 배우고 싶다고 손을 든 다섯 명의 남자 선생님들이 있었습니다. 그때 저는 이들 선생님부터 목공을 가르쳐야겠다는 생각을 했습니다.

"우리 학교에 1천 명에 가까운 학생들이 다니고 있잖아요. 책상, 걸상, 책장, 교구함, 문서함, 수납장, 실습 테이블, 작업대 같은 것들이 정말 많이 필요할 거예요."

모두 고개를 끄덕였습니다.

"이런 것들을 다 사서 갖추려면 비용이 만만치 않겠죠? 그렇지만 우리가 직접 만든다면 경비도 절약되고, 목공 기술도 함께 배울

수 있을 거예요. 선생님들, 어떻게 생각하세요? 우리가 함께 만들
어 보면 좋지 않겠어요?"

그들은 의욕 넘치는 표정으로 제 제안에 동의했고, 저는 이 선
생님들부터 목공을 배우면 나중에 공예학교에 입학한 학생들을
통솔하기에도 매우 수월할 것이란 생각이 들었습니다.
쏘리야에게 메시지를 보냈습니다.
"목공을 하려면 목공에 필요한 기계를 사야 하는데 썸라옹에는
없는 기계들이 많으니 프놈펜까지 올 수 있어요? 올 수 있으면 프
놈펜에서 만나요."

목공기계를 구입하다

그대가 배움의 삶
그 끝에 이르렀을 때
그대는 그 시작에
닿는 것입니다.
- 칼릴 지브란, 《인생》 중에서

쏘리야 교장은 밤 버스를 타고 프놈펜에 도착하고 장학생 출신들인 졸업생, '쵸븐 존'(Choven John)과 '뽀뜨리(Portry)', 통역을 맡아줄 '똘라(Tola)', 앞으로 봉제 교사로 활동할 '수지따'와 그녀의 남편 '모레이', 그리고 쌈앗 선생과 쏘리야 교장과 함께 이른 아침에 모두 모였습니다. 수지따는 그새 낳은 갓난아기를 안고 왔습니다. 아침을 먹는 이 자리가 정말 행복하고 든든했습니다. 이들이 모두 수레꾼이 후원하는 장학금을 받고 졸업한 장학생 출신이기에 더욱 흐뭇하고 자랑스러웠습니다.

우리 일행은 식사를 마친 후에 목공기계들을 파는 공구 거리로 가서 기계를 구입하기 시작했습니다. 목공기계 목록을 뽀뜨리에게 주고, 쏘리야 교장과 함께 기계들을 사라고 했습니다. 뽀뜨리는 영어학과를 졸업한 후 이탈리아까지 교환학생으로 다녀왔기에,

프놈펜 공구 거리에서 목공기계를 구입하다

영어를 유창하게 구사하는 졸업생이었습니다. 졸업생들은 엄청나
게 비가 오는 가운데 앞장서서 척척 가격도 깎아주고, 뚝뚝이 값
도 빠르게 계산하고, 게다가 우리 일행이 먹은 아침 식사까지 내주
는 호사도 누리니 정말 기분이 날아갈 듯했습니다. 비가 마구 쏟아

지는 가운데, 졸업생들이 앞장서서 여러 시간 동안 흥정하며 필요한 목공기계들을 하나하나 구입했습니다. 목공에 필요한 기초 공구들은 일일이 열거할 수 없을 만큼 많았습니다. 하지만 웬만한 기계들은 대부분 프놈펜에서 구할 수 있었지만, 나무를 정교하게 오려내는 밴드쏘와 스크롤쏘는 끝내 찾을 수 없었습니다. 구하지 못한 기계들은 씨엠립에서 보충하기로 하고, 버스에 짐을 싣고 출발했습니다.

억수같이 내리는 이국의 비, 정류장에 멈춰 서면 버스에 올라타 목청 돋우어 떡꼬치 파는 아낙들, 중간중간 껍질을 벗긴 과일 파는 소녀들, 차창을 타고 흘러내리는 물방울, 중앙 분리선도 없는 시골길, 게다가 칠흑 같은 어둠 속에서 달리는 현대자동차 중고버스의 앞유리에는 윈도우 브러시조차 작동하지 않았습니다. 비 오는 날, 그것도 밤 운전에, 윈도우 브러시가 없는 버스를 타고 가는 마음은 정말 조마조마했습니다. 그럼에도 불구하고 운전기사에게 항의하는 승객 하나 없이 그야말로 조용히 씨엠립을 향해 달려갔습니다. 운전기사의 운전은 정말 신통했습니다. '세상에 이런 일이'라는 TV프로그램에 나와도 조금도 손색이 없는 신기에 가까운 운전솜씨였습니다. 비오는 밤에 윈도우 브러시도 없이 운전을 하다니 말입니다.

보통 6시간 남짓이면 씨엠립까지 도착할 수 있지만, 정류장마다 서고 또 서며 억수같이 쏟아지는 밤길을 10시간이나 달리다 보니 허리와 엉덩이가 뻐근해졌습니다. 씨엠립에 도착한 시간은 밤 9시 반이었습니다. 이 늦은 시간에 불도 없는 깜깜한 마을로 3시간 이상을 더 달려간다는 것은 무리였습니다. 방 4개에 50$짜리 게스트하우스를 골라 짐을 풀고 다음 날 아침 일찍 일어나, '아티산스 앙코르 워크샵'을 졸업생들에게 견학시키고 프놈펜에서 구하지 못한 공구도 보충한 후, 뽀디봉 마을로 향했습니다. 졸업생들에게도 꼭 구경시켜 주고 싶은 곳이 있었기 때문입니다.

쏘리야 교장 집

사람의 운명은
별의 역사와도 같은 것.
하나하나가 모두 독특하여
서로 닮은 별은 하나도 없다.
- 예브게니 옙투셴코,《별의 역사》중에서

제가 이곳을 찾은 지 13년째였지만, 뽀디봉 마을에서 숙박을
해본 적이 없었습니다. 그 이유는 늘 장학생들과 함께 와서 봉사활
동이 끝나면 썸라옹에 있는 숙소로 이동해야 했기 때문이었습니
다. 하지만 이번에는 달랐습니다. 몇 명의 졸업생들과 함께하는 조
촐한 여행이었고, 그들은 제가 캄보디아에 올 때마다 늘 만났던 익
숙한 얼굴들이었습니다. 그들은 졸업 후에도 함께 봉사활동을 이
어오던 동료와 같기에, 이번에는 그들과 함께 뽀디봉 마을의 밤과
새벽을 꼭 경험해 보고 싶었습니다. 더구나 쏘리야 교장집은 초등
학교와 중학교 정문 사이에 있어서 밤에도 학교를 내려다볼 수 있
기에 더욱 머물고 싶은 곳이었습니다.

한국을 떠나기 전, 그들에게 미리 문자를 보냈습니다.

"이번에는 처음으로 뽀디봉 마을에서 자고 싶어. 너희들은 괜찮니?"

그러자 그들은 웃으면서 답했습니다.

"저희도 좋아요! 우리 시골 마을도 뽀디봉 마을과 다르지 않아요."

그들의 말에 따르면, 대부분의 캄보디아 시골 마을은 뽀디봉과 별다를 것이 없다고 했습니다. 그렇게 해서 우리는 쏘리야 교장님의 집 거실에서 모두 함께 잠을 자기로 했습니다.

새벽 4시였습니다.

쏘리야 교장은 새벽부터 일어나 숯불을 피워 밥을 하고, 그의 부인은 부지런히 아침 식사를 준비합니다. 조금 지나니 멀리 헤드라이트가 반짝거리며 캄보디아 음악을 달고 배달 오는 오토바이가 깜깜한 새벽을 가릅니다. 한국의 시골에서는 듣기 어려운 아기의 울음소리가 개 짖는 소리와 어우러지며 이른 새벽을 깨우는 소리에 한몫을 합니다. 쏘리야 교장이 새로 지은 이 집터는 원래 아무것도 없던 황무지에, 무너져가던 판자 움막 하나만 덩그러니 서 있던 곳이었습니다.

바로 앞에는 학교 담장이 이어져 있어, 새벽 담장을 따라 천천히 걸어서 초등학교로 들어가 나무 아래 잠시 앉아보기도 하고, 중학교로 가서 교실 앞마당의 벤치에도 앉아봅니다. 모든 풍경 하나하나가 수레꾼의 손길이 닿지 않은 곳이 없었습니다. 우물에서부터 학교로 이어지는 진입로, 교문, 교실들, 교정에 가득한 나무들, 심지어 수업시간을 알리는 학교 종까지도, 지난 14년 동안 매년 빠짐없이 한 발 한 발 꾸준히 일구어온 흔적들이 눈앞에서 생생하게 펼쳐지고 있었습니다. 특히 학생들이 등교하기 전, 새벽의 고요 속에서 빈 교정을 바라보니 벅찬 감동이 밀려옵니다. 그리고 이곳을 함께 만들어가느라 숱한 고생을 했던 고(故) 장연수님의 얼굴도 떠오릅니다.

학생들이 등교하기 전, 쏘리야 교장이 오토바이를 타고 학교와 집을 분주하게 오고 가기에 그 까닭을 알아보니 쏘리야 부인이 매일 아침마다 학생들이 먹을 도시락 100개를 싸고 있었습니다. 교장은 도시락들을 학교 매점으로 나르느라 바쁘게 움직이고 있었습니다. 날이 밝아오자 학생들과 교사들이 등교하여 수업 전에 교정에 둘러앉아 쏘리야 부인이 만든 아침 도시락을 먹고 있었습니다. 저도 학생들과 함께 아침을 먹고 있으니 학생들이 다가와 말을 겁니다.

"쑤어쑤다이(안녕)!"
우리도 학생들도 모두 쑤어쑤다이 하고 따라 웃습니다.

전기시설을 하다

길 찾는 사람은
그 자신이
새로운 길이다.
- 박노해, 〈다시〉 중에서

수레꾼 뽀디봉 공예학교가 훗날 정식 고등학교 과정의 예술학교로 성장할지, 아니면 직업훈련을 전담하는 워크샵으로서 졸업 후 사회에 진출하여 자신들의 삶을 스스로 개척할 수 있도록 힘을 길러주는 것으로 만족하게 될지 지금으로선 예측하기 어렵습니다. 하지만 지금은 건물이 높아질수록 기초를 더 깊게 파야 하듯, 겉모습의 아름다움만을 추구할 것이 아니라 오랜 세월이 지나도 흔들리지 않을 튼튼한 기초를 다져야 할 때였습니다. 그렇게 되게 하기 위해서는 내부 전기 시절을 단단하게 해 놓아야 했습니다. 전기가 없으면 공예학교는 시작도 할 수 없기 때문입니다. 그러나 지난해(2022년)에 처음으로 전기가 들어왔기 때문에 전기를 전공한 전문기사를 찾는 것이 쉬운 일이 아니었고, 특히 시설하는데 들어가는 비용도 만만치 않았습니다.

2023년 가을 전기시설을 하다

　그때, 10여 년 동안 유니텔 불교동호회의 일원으로 경기 영흥도와 대부도의 보육원에서 함께 점심과 저녁식사 봉사를 해왔던 전기기술자이자 도반인 김정식(법인거사)이 떠올랐습니다. 그에게 부탁하면 '공예학교의 전기 시설 문제를 해결할 수 있지 않을까' 하는 작은 기대를 갖고, 그에게 연락했습니다. 그에게 공예학교에 대해 설명하고 전기 시설이 필요하다고 말하자, 그는 흔쾌히 "제가 직접 가서 하겠습니다" 하고 선뜻 나섰습니다. 긴 설명이 필요 없었습니다. 그는 전문 전기기사의 도움이 절실했을 때 나타난 천군만마였습니다. 이렇게 해서 자신의 자비를 들여가며 이번 봉사에 참여하게 되었습니다.

　전기가 들어오려면 전기의 용량이 확실해야 합니다. 그에게 공예학교에서 사용될 재봉틀 10대 이상, 다양한 목공기계 10대 이상을 동시에 사용할 수 있는 용량이 들어와야 한다고 말하자 즉시 계산을 하여 알려주었습니다. 쏘리야 교장과 함께 전기 회사로 가서 그가 가르쳐준 대로 대용량 전기를 신청하고, 시장에서 필요한 만큼의 전선과 전등, 콘덴서, 선풍기 등을 구입한 다음, 공사 도우미를 해줄 남자 선생님 다섯 명, 그리고 함께 온 졸업생 뽀뜨리, 똘라와 함께 사흘 동안 아침부터 저녁까지 매일 전기 시설을 했습니다.

교실 총 면적은 110평에 달했고, 3개의 교실에 각각 배전반과 분전반을 설치했습니다. 전기를 편리하게 사용할 수 있도록 교실 내부와 외부 곳곳에 콘센트를 설치했고, 모든 전선은 쫄대 작업을 통해 깔끔하게 보이지 않게 정리했습니다. 비가 오거나, 밤이 되어도 작업에 차질이 없도록 밝은 전등과 외부 조명도 설치했고, 교실마다 시원한 바람을 위한 벽걸이 선풍기도 각각 6개씩 달았습니다. 더불어 기계 도난을 방지하기 위해 와이파이까지 신청해 설치를 완료했습니다. 전기가 없던 시절을 생각하면, 이렇게 전기 설비가 완비된 지금은 마치 동화 속 세상에 들어온 듯한 착각을 일으킬 정도입니다.

이번 작업은 매일 매일이 강행군이었으며, 꼬박 5일이 걸려 완성되었습니다. 그리고 교실 주변에 코코넛 20그루, 망고 10그루,

빨간 꽃피는 나무 10그루와 노란 꽃피는 나무 4그루를 울타리 따라 심고, 큰 그늘을 만들어 줄 종려나무도 4그루 심었습니다. 공예학교 건물을 짓기 위해 모아놓은 기금에서 6천만 원이나 지출해서, 여유자금이 넉넉하지 않아 걱정이 많았지만, 늘 그러했듯이 이번에도 회원님들과 페이스북 그리고 지인들의 열렬한 후원 덕분에 불과 열흘 만에 7백만 원이 모여서 이 큰 공사를 차질 없이 진행할 수 있었습니다. 더구나 무더운 열대의 기후 속에서도 묵묵히 땀을 흘리며, 자비로 비용을 대가며 이 큰 전기 공사를 완수해 준 도반 정식이의 손길이 정말 고마웠습니다.

전기를 끌어오고, 교실 내부에 전기 시설을 골고루 갖추는 작업은 무척 고된 작업이었습니다. 다행스럽게 남선생님들의 보조작업 덕분에 전기기술자인 후배도 신이 나서 일을 했습니다. 마을에서 처음으로 먹고 자고 하는 것이니 잠자리가 호텔처럼 편하지 않았습니다만, 같이 온 쵸븐도 뽀뜨리와 똘라도 그리고 정식이도 교장 집의 거실에서 한데 어울려 한마디 불평 없이 1주일을 보냈습니다.

정식이는 말합니다.
"정말 기분이 좋아요! 또 오고 싶어질 것 같아요."

학교 선생님들도 능숙하고 깔끔하게 시설을 하는 후배의 전기

작업이 신기한지 모두 진지한 얼굴이었습니다. 이렇게 해서 쉴 틈 없이 1주일이 눈 깜작할 새에 지나갔고 마지막 날이 다가왔습니다. 공예학교 교실에 불이 환하게 켜지고 마당에도 환하게 불이 켜졌습니다. 그리고 초등학교와 중학교 선생님 전원이 쏘리야 교장 집 뒷마당에 모였습니다. 우리는 희미한 등불 아래 열대의 따끈한 바람을 맞으며 모두 '쫄무이'를 외치면서 하루의 피곤을 씻었습니다. 1주일 동안 하루 종일 같이 일하고, 같이 둘러앉아 밥을 먹고, 일이 끝나면 모두 모여 '쫄무이'를 외치며 웃고 즐기다 보니 전에 없이 형, 동생처럼 매우 친숙해졌습니다.

저녁이 한창 무르익을 무렵, 제 옆에 앉아있던 꽁 폰(Kong Phorn) 교사가 조심스럽게 휴대폰에 있는 구글 번역기를 통해 말을 건넸습니다.

"아이들에게 음악을 가르치고 싶어요!"

"음악을?"

사실, 지난해에 제가 선생님들이 모여 있는 자리에서 물어본 적이 있었습니다.

"음악과 미술은 어떻게 가르치고 있나요?"

매년 이곳에 왔다고 해도 저는 그동안 음악과 미술 그리고 체육이라는 것에 관심을 둘 마음의 여유를 가질 수 없었습니다. 교실이 부족했고, 아이들이 먹고 씻을 물조차 부족했으며, 교과서도 없이 공부하는 상황이었습니다. 게다가 전기도 들어오지 않은 상태에서 예능 과목을 가르칠 겨를이 있을 리 만무했을 테니까요. 하지만 그때 돌아온 답변에 저는 크게 놀랐습니다.

"캄보디아에는 음악과 미술 시간이 없어요."

장학생들에게 확인차 물어봤더니, 그 어느 학생도 음악과 미술을 배워본 적이 없었습니다. 그래서 쌈앗 선생님에게 물었습니다. 그 역시 고개를 끄덕이며 말했습니다.

"네, 캄보디아 전역에 음악과 미술이란 과목은 없어요."

엇나간 유학 계획

노란 숲속에
두 갈래 길이 있었지.
두 길 모두 가지 못해
오랫동안 서서
바라 보았지.
- 로버트 프로스트, 《가지 않은 길》 중에서

2024년 새해가 밝아왔습니다. 지난해, 수지따와 약속한 봉제 교육 계획을 실현하기 위해 그녀의 한국 유학에 대한 구체적인 준비를 하고 있었습니다. 그녀가 한국에 오게 되면, 최경란 선생님의 지도 아래 3개월간의 집중 교육을 통해 그녀의 디자인 감각과 기술력을 향상시키고, 그 후 캄보디아로 돌아가 현지에서 그 능력을 펼치게 할 계획이었습니다. 그녀가 한국에 온다면, 한국의 고급 시장에서 사용되는 다양한 원단과 부자재를 직접 견학하고, 이를 응용한 고품질의 제품 제작 방법을 습득하게 해줄 수 있었습니다. 이를 통해 공예학교의 봉제반 학생들을 잘 지도할 수 있게끔 하는 것이 최종 목표였습니다.

이 계획을 성사시키기 위해서 항공료, 체재비, 교육비, 생활비 등을 마련하고, 최경란 선생님은 보다 효과적인 교육 프로그램을 구상하고 있었습니다. 하지만 수지따의 반응은 시간이 지날수록 미지근해졌습니다. 작년만 해도 그녀는 유학에 대한 열의를 보였고, 그동안 주고받은 많은 사진과 문자에서 그 의지가 대단했습니다. 그러나 정작 유학 날짜가 다가오자 그녀의 태도가 변하는 듯했습니다. 그 이유를 물었더니, 그녀는 머뭇머뭇하다 결국 가족 중 아픈 사람이 있어서 한국에 오지 못할 것 같다는 답변을 했습니다. 막막해지는 순간이었습니다. 봉제반 학생들을 가르칠 봉제 담당 교사를 어떻게 구해야 할지 고민이 깊어졌습니다. 일단 캄보디아로 가서 부딪혀보기로 하고 2월 초에 캄보디아로 날아갔습니다.

공항에서 짐을 찾고 있는데 공항의 유니폼을 입고 있는 한 직원이 내 손을 잡습니다. 뽀뜨리였습니다.

"뽀뜨리! 너 여기 어쩐 일이야!"

지난 가을, 저와 함께 뽀디봉 마을에 가서 1주일 동안 같이 고생하면서 전기시설을 돕던 뽀뜨리였습니다.

"저 여기 공항에 취직했어요!"

그가 환하게 웃으면서 대답했습니다. 뽀뜨리가 내 짐을 카터에 신고, 공항 밖으로 빠져나오니 쌈앗 선생이 공항까지 마중 나와 미소로 반겨줍니다. 다음 날 쌈앗 선생을 비롯해서 수지따와 통역을 위해서 톨라가 모두 모였습니다. 역시 수지따는 가족의 건강이 너무 나빠져서 한국에는 갈 수 없다고 단호하게 말합니다.

"아! 이렇게 되면 어쩌지?"

우리는 무려 5시간 동안 길고 긴 회의를 했습니다. 그녀를 설득하고 여러 제안을 해보았지만 결국 그녀의 한국행은 물거품이 되고 말았습니다. 저도, 쌈앗 선생도 당혹스러울 뿐이었습니다. 그때 쌈앗 선생이 말했습니다.

"조금 있으면 쏙나우가 올 겁니다."

키 쏙나우(Key Soknao)는 초기부터 고(故) 장연수님과 함께 캄보디아 학교 짓기와 우물 파기 프로젝트를 함께했던 청년이었으며, 지금은 커피 체인점을 운영하는 사업가가 되었습니다. 쏙나우는 베테랑답게 플랜 B를 저에게 제안했습니다.

"프놈펜에는 따프롬 실크 워크샵(Taphrom Silk Workshop)이라는 봉제 전문 기관이 있어요. 그곳에서는 봉제 제품을 만들어 일본과 태국으로 수출도 하고, 학생들을 교육시키는 과정도 운영한다고 알고 있습니다."

쌈앗 선생이 말합니다.

"플랜 B는 그냥 좋은 생각이 아니라 최고로 좋은 아이디어 같습니다!"

그렇다면 봉제반 학생 다섯 명을 선발하여 프놈펜으로 유학시킬 수 있는 훈련 프로그램이 따프롬 실크 워크샵에 있는지, 그리고 그 비용은 얼마인지 알아보기로 하는데 의견을 모으고 5시 30분부터 시작한 회의는 우여곡절 끝에 밤 11시 30분에 간신히 끝이 났습니다.

2주일을 머물다

모든 순간이 다아
꽃봉오리인 것을,
내 열심에 따라 피어날
꽃봉오리인 것을,
- 정현종, 〈모든 순간이 꽃봉오리인 것을〉 중에서

뽀디봉 마을에서 2주일 동안 머물 작정으로 왔습니다. 늘 바쁘게 왔다가 바쁘게 떠나곤 했던 날들과는 다르게, 이번에는 더 많은 학생들, 더 많은 마을 사람들, 그리고 선생님들의 삶을 보다 가까운 곳에서 보고 싶었고 또 마을 속에서 그들의 일상과 함께하고 싶었습니다. 이곳의 아침도 제가 살고 있는 시골처럼 장닭들의 우렁찬 울음소리가 사방으로 울려 퍼지며 새벽을 깨우고, 늘 그러하듯이 새벽 4시가 되면 쏘리야 교장은 숯불을 피우고 밥을 짓습니다. 그리고 부인은 반찬을 하고 100개의 도시락에 담습니다. 땅거미가 걷히려는 이른 새벽, 채소와 국수, 고기들을 비닐봉지에 담아 오토바이 양쪽에 주렁주렁 매단 채 헤드라이트를 밝히며 어둠을 가르며 학교로 달려갑니다. 오토바이 스피커에는 언제나 캄보디아의 경쾌한 음악이 흘러나옵니다.

날이 밝아오기 시작하면서 까만 하의와 하얀 셔츠를 입은 학생
들이 자전거와 오토바이를 타고 줄지어 학교로 향합니다. 어린 학
생들은 아버지나 어머니의 오토바이 뒤에 앉아, 저를 보고 손을 흔
들며 해맑은 웃음을 짓습니다. 학교 교정에 있는 원두막에서 아침
을 거르고 온 교사들과 학생들 틈에 끼어 앉아서 쏘리야 교장 부
인이 만든 도시락을 같이 먹습니다. 학생들은 등교하자마자 비를
들고, 교정을 쓸고 교실과 복도를 닦습니다, 하얀 교복이 까맣게
변한 모습은 이제는 거의 찾아볼 수 없어 아침을 밝힐 정도로 하
얗게 빛납니다. 파란색의 체육복도 매우 정갈합니다. 매주 하루를
전교생이 체육하는 날로 정해서 그날은 하루 종일 교복 대신에 체
육복을 입고 지냅니다. 전에는 볼 수 없는 풍경을 바라보고 있자니
마음이 그대로 시(詩)가 되고 있었습니다.

오전에는 교사들과 공예학교의 신입생 선발과 학생들에게 줄
장학금 문제, 봉제와 목공 기술을 습득하기 위한 교육 훈련 문제
등의 당면문제를 깊이 있게 논의했습니다. 목공을 가르칠 선생님
을 찾기 위하여 선생님들에게 그동안 모아둔 목공예 자료사진을
보여주며 이런 목공제품을 만들 교사를 반드시 찾아야 한다니까
분툰 선생님이 "아~ 있어요!" 합니다.

"정말? 여기에?"
"네!"

"여기서 얼마나 떨어져 있는데?"
"오토바이로 한 20분 정도 가면 돼요!"

　도무지 믿기지 않는 소리였습니다. 그토록 열망하던 목공예 조각가가 이곳에서 멀지 않은 곳에 있다니! 제 눈으로 그 조각가의 조각 실력을 봐야 했습니다. 집으로 찾아가자 한 젊은 중년의 남자가 다리를 절면서 집에서 나왔습니다. 한없이 선한 얼굴을 한 그 조각가는 불행하게도 선천적 기형의 다리를 갖고 있었습니다. 그런데 그가 우리들에게 보여준 완성된 작품은 물론 미완성인 작품도 실로 대단했습니다. 속으로 감탄하고 감탄했습니다.

"오~ 부처님! 일이 이렇게 풀어집니다."

　그 조각가는 우리 학생들에게 목공 조각을 가르칠 수 있다고 합니다. 이렇게 해서 그동안 가지고 있던 숙제 가운데 크나큰 숙제 하나가 씻은 듯 풀어졌습니다. 가파른 고개를 하나씩 넘을 때마다 무겁게 지니고 있던 옷들을 하나씩 하나씩 벗어버리는 느낌! 바로 그 느낌이었습니다. 이제 남은 일은 봉제반 학생들의 봉제 훈련을 맡아줄 교사를 찾는 일만 해결하면 되었습니다.

피아노가 도착하다

애타는 가슴 하나
위로할 수 있다면
내 삶은 결코
헛되지 않으리.
- 에밀리 디킨슨, 《타는 가슴》 중에서

꽁퐌 선생이 수레꾼이 피아노를 보내주신다면 반드시 피아노를 배워서 아이들과 피아노를 치면서 노래를 불러보겠다고 이야기한 것은 지난해 10월 중순이었습니다. 그때 "피아노를 독학으로라도 배운다면 반드시 보내준다" 하고 약속했는데 그렇게 굳게 약속해 놓고는 한국에 돌아와서는 걱정이 앞섰습니다. 약속을 했으니 꼭 그 약속을 지켜야 했습니다. 캄보디아 학교에는 음악시간이 없더라는 말을 저의 초등학교의 유일한 동창이자 도반인 권오영님을 만난 자리에서 이야기했더니 어느 날 전화가 왔습니다.

"나, 조금 있으면 칠순이야! 내 동생이 칠순에 쓰라고 돈을 준대! 그 돈 가운데 100만 원을 네게 줄테니 좋은데 써!"
"정말?"

2024년 여름 음악시간이 열리다

　　정말 뜻하지 않게 생긴 돈에다 '반갑다 연우야'의 회장을 지내
시고 목공기계를 구입할 때 큰 도움을 주신 황채운님의 아드님 적
금 100만 원을 합쳐서 영창 디지털피아노 KA-120를 샀습니다.

그리고 지난 1월에 선편으로 부쳤는데 반갑게도 그 피아노가 오늘 아침 학교에 도착했습니다. 피아노 두 대를 학교 교무실에 놓고 꽁꽌 선생님에게 말했습니다.

"꽁꽌 선생과의 약속을 지켰어요. 선생님도 유튜브로 피아노를 배워서 다음에 올 때는 꼭 피아노를 들려줘야 해요."

꽁꽌 선생은 그러마 하고 단단히 약속을 했습니다. 피아노를 가르쳐줄 선생님이 없는데 유튜브로 피아노를 배워서 초등학교와 중학교 학생들이 노래를 마음껏 부를 수 있는 날이 올 것인가는 미지수였지만, 중학교 체육 선생님인 위 쳇(Vi Chet) 선생도 꼭 피아노를 배워서 해보겠다고 하니 기대해 보기로 했습니다. 그리고 음악을 멀리했던 저도 피아노를 배우겠다고 한국에 돌아와 피아노 학원에 등록을 했습니다. 피아노를 잘 배워서 언젠가는 학생들과 함께 피아노를 치면서 노래를 불러보는 날을 꿈을 꾸어보는데 그것이 될까 모르겠습니다.

타일을 깔다

인간의 발자국은
말이나 손이 아니라
온몸으로 행동한
가장 아름다운 낙관落款이다.
말로만 걸어가면 위선이고
손으로만 걸어가면 위장이다.
- 무달구름,《궤(軌)》중에서

공예학교는 하얀 벽에 빨간 지붕이 올라간 아담한 건물로 예쁘게 지어졌습니다. 그 안에는 교실 3개가 있습니다. 가운데 교실은 전시실 및 교무실로 사용할 예정이고, 왼쪽 교실은 봉제실, 오른쪽 교실은 목공실로 사용할 것입니다. 겉보기엔 예쁜데 교실 안에 들어서니 온통 얼룩 바닥에 시멘트 냄새가 진동했습니다. 볼썽사나운 공예학교였습니다. 훗날 전시실로 사용될 가운데 교실부터 정비가 시급했습니다. 건물 짓는 데에 몰두하느라 전혀 생각하지 못한 문제점들이 하나씩 드러나기 시작했습니다.

우선 급한 대로 전시실과 봉제실에 타일을 깔기로 결정하고, 썸라옹의 자재상에서 원목 스타일의 타일을 골랐습니다. 다행히 학교 학부형이자 목수, 용접, 타일 작업 등 다방면에서 능숙한 만능 일꾼 '뜨리(Tri)씨' 덕분에 작업은 순조롭게 시작되었습니다. 시멘트와 모래를 트럭으로 옮겨오고, 마을 주민인 쏘폰과 퐌이 보조로 나서며 힘을 보탰습니다. 뜨거운 캄보디아 햇빛 아래, 천진난만한 웃음소리가 인상적인 뜨리씨의 리더십 덕분에 작업은 사흘 만에 일사불란하게 마무리되었습니다. 또한, 나뭇가루가 많이 날리는 야외 목공실을 만들기 위해 시멘트와 자갈로 바닥을 다지고, 그 위에 철골로 기둥을 세운 후 학교 지붕과 같은 빨간색 지붕을 얹었습니다.

시인 이해인 수녀님은 "젊은 날의 사랑도 아름답지만, 황혼까지 아름다운 사랑이라면 얼마나 멋이 있습니까"라고 노래합니다. 빨간 지붕 위로 떠오르는 일출도 멋지고 서쪽으로 지는 노을이 아름다운 공예학교 마당에서 하루 종일 애를 쓴 뜨리와 쏘리야 그리고 마을 사람 쏘폰과 퐌이 모여 시원한 맥주 한 캔을 하면서 하루의 피곤을 풉니다.

오토바이를 타고

묻노니 그대는 왜
푸른 산에 사는가?
웃을 뿐 답은 않고
마음만 한가롭네.
- 이백, 《산중문답》 중에서

마을에서 2주일 동안 머무르다 보니 이곳저곳에서 초대합니다. 꽁쫜 선생님도, 중학교 교장 티잉 힘 선생님도, 초등학교로 막 전근을 오신 선생님도 자기 집으로 초대했습니다. 뽀디봉 마을을 찾은 지 10년이 훨씬 넘는 동안 한 번도 가져본 적이 없는 가정집 초대입니다. 생선도 굽고, 요리도 하고, 캔 맥주도 마시면서 선생님들과 많은 이야기를 나누었습니다.

하루는 중학교의 운영회장(이곳에서는 '까막까나까살라'라고 부릅니다)님이 초대한다고 해서 회장댁에 갔습니다. 그날은 캄보디아의 설날 전야에 해당하는 날이라고 합니다. 늘 그러하듯 부엌은 남루했지만 그곳에서 아낙들이 둘러앉아 만든 음식은 생전 처음 보는 캄보디아 음식이었으며, 음식을 담은 접시가 쉴 새 없이 줄을 이었습니다. 중학교 선생님들과 함께 돗자리를 깔고 바닥에 앉아서 정말 유쾌하게 먹었습니다.

운영회장은 중학교 교장인 티잉 힘과 동갑이고 마을에 같은 시기에 들어왔다고 합니다.

"먹을 물이 없을 때 우물을 파 주어서 우리가 이렇게 살게 되었어요. 정말 고맙습니다."

운영회장은 그 고마움을 화로에 숯불을 피워 구운 생선과 찌개, 만두, 떡들에 담아서 많이 먹으라고 권하고 또 권했습니다. 마음이 참 따뜻해진 하루였습니다.

2주일 동안의 마을 생활이 어느덧 지나가고 마지막 날의 밤이 왔습니다. 공예학교의 타일 공사가 마무리되었으니 공예학교 교실에서 하룻밤이라도 자고 가고 싶었습니다. 그랬더니 꽁퐌과 포으(Pov) 선생이 그곳에서 혼자 자게 할 수 없다고 하면서 같이 잔다고 이불들을 오토바이에 싣고 왔습니다.

밤하늘의 별들을 보면서 셋이 공예학교 마당에 앉아 오손도손 이야기를 나누었습니다. 젊은 포으 선생이 말합니다.

"내일 어떻게 프놈펜으로 가요?"

"씨엠립에 가서 비행기를 타고 프놈펜으로 갈 예정이에요. 프놈펜에서 저녁 회의가 있거든."

"그러면 제가 내일 씨엠립으로 가야 하는데 오토바이를 타고 씨엠립에 같이 가실래요?"

"오토바이?"

잠시 망설였습니다. 제가 가진 그 큰 트렁크와 무거운 카메라 배낭을 메고 그 먼 거리가 가능할까? 그렇지만 한 번쯤 해보는 것도 좋을 듯 싶어서 오케이 했습니다. 쏘리야 교장도 만류하고 그의 아내도 걱정했지만 다음 날 포으 선생의 오토바이를 타고 씨엠립으로 향했습니다.

"아뿔싸!"

카메라 배낭 때문에 옴짝달싹 못하고 매달려서 가는 일이 보통일이 아니었습니다. 엉덩이는 시간이 갈수록 아퍼 오고, 열대의 뜨거운 햇빛으로 팔뚝은 벌겋게 타고, 처음 써본 오토바이 헬멧은 무겁고, 포으 선생을 잡은 손도 놓으면 안 되는 상태로 4시간을 매달려 씨엠립에 도착했습니다.

일흔 노구에 대견한 할배였습니다. 오토바이에 매달려 4시간을 달리다니….

따프롬 실크 워크샵

봉제반 학생들을 가르칠 수 있는 교사를 만들기 위해 지난해 준비했던 모든 계획이 원점으로 돌아가 버린 상태였으므로 조마조마한 시간이 흘러가고 있었습니다. 쏙나오가 제안했던 따프롬 실크 워크샵에 의지해, 그 결과만을 초조하게 기다리고 있는 시간이 계속되고 있었습니다. 또 학생들이 봉제 교육을 받으려면 프놈펜에서 3개월간 먹고 자며 생활해야 했습니다. 따라서, 집을 떠나 외지에서 생활할 수 있는 학생들을 선발하는 과정도 매우 중요한 과제였습니다. 학생들을 선발하는 사이에 쌈앗 선생과 쏙나오는 직접 워크샵을 방문하여, 그곳의 시설과 봉제 수준을 면밀히 파악하고, 워크샵 대표와 긴밀히 연락을 주고받고 있었습니다. 또한, 워크샵이 우리 학생들을 수용할 수 있는 능력을 갖추고 있는지 여부도 중요한 판단 요소였습니다.

시간이 흐를수록, 결과를 기다리는 마음은 더욱 초조해져만 갔습니다. 어렵게 세운 공예학교였지만, 학생을 모집하는 일도, 그 학생들을 가르칠 교사를 구하는 일도 모두 쉽지 않은 일이었습니다. 학생 모집이 어려운 가장 큰 이유는 그들의 생업 때문이었습니다. 뽀디봉 마을의 대부분 사람들은 농업에 종사하고 있습니다. 쏘리야 교장의 말로는, 농가 한 사람들의 월 수입이 150$에서 200$에 불과했습니다. 부부가 함께 일해야 400$ 정도를 간신히 벌 수 있다는 이야기였습니다. 만약 이 수입을 벌지 못한다면 생계 자체가 위태로워질 수밖에 없었습니다. 쏘리야 교장 역시 10년째 교장직을 맡고 있지만, 그의 월급은 교장 수당을 포함해도 400$에 불과했습니다. 이런 상황에서, 봉제를 배우려는 사람들에게 당장 얻을 수 있는 수입을 포기하고 2년 동안 교육만 받으라고 요구하는 것은 큰 부담이 될 수밖에 없었습니다. 생계를 책임져야 하는 이들에게는 교육의 기회조차 큰 벽으로 다가왔습니다.

인터넷으로 따프롬 실크 워크샵에 관해 검색해 보니, 그곳은 장애인과 가난한 사람들에게 재봉 기술 교육을 하기도 하고, 그들이 만든 제품을 자국에서 판매하는 것은 물론 태국과 말레이시아로 수출도 하는 곳이었으며, 후원도 받으면서 운영되고 있는 곳이었습니다. 더 자세한 사항은 인터넷 검색으로는 알 수 없었습니다. 모든 것을 그저 기다리는 수밖에 달리 방도가 없던 중에 드디어 연락이 왔습니다. (2024년 5월)

"워크샵에서는 7월부터 교육이 가능하다고 합니다. 교육비는 숙박비를 포함하여 5명의 학생을 3개월 동안 교육시키는데 5,300$이 든다고 합니다. 가능하겠습니까?"

높은 수준의 봉제 교육을 받으려면 가르치는 선생님의 교육 철학과 실력도 매우 중요했으므로 돈이 들더라도 레벨이 높은 곳에서 교육을 받아야 했습니다. 어렵다고 하더라고 꼭 지나갈 수밖에 없는 필연적인 관문이었습니다.

봉제반 학생들

꽃망울이 터지는 순간을 기다려 보았는가
굳게 다문 꽃잎들 눈에 보이지 않게
시나브로 부풀어 오르고 펼쳐져
활짝 만개하는 그 황홀한 순간
그 순간을 기다려 보았는가
- 이반 투르게네프, 《사랑의 비밀》 중에서

다섯 명의 학생들이 선발되었다는 문자가 쏘리야 교장으로부터 왔습니다. 20세에서 28세까지의 여성들이었습니다. 모두 결혼을 했고, 더러는 아기들도 있었습니다. 이 학생들은 모두 우리가 세운 초등학교를 졸업했고, 중학교를 졸업했다고 하고, 게다가 남편들까지 같은 초등학교와 중학교를 졸업한 남학생들과 결혼하여 아이를 낳고 키우고 있다고 하니 더욱 감격스러웠습니다. 그런데 과연 이 학생들이 3개월 동안 집을 떠나 프놈펜에서 교육 과정을 잘 마칠 수 있을지 하는 걱정과 함께, 학생들의 프놈펜 유학비를 마련하는 일이 큰일이었습니다. 유학비를 마련하기 위하여 유튜브로 동영상을 제작하고, 카카오톡 네트워크와 페이스북을 통해 후원을 여러 경로를 통해 부탁했습니다. 그리고 다시 한 번 감격하지 않을 수 없었습니다. 유학비에 필요한 7백만 원이 이번에도 열흘 만에 모두 모였습니다. 눈물이 나게 신나고 고마웠습니다.

드디어 6월 29일, 다섯 명의 학생들이 공예학교 교실 앞에서 손을 흔들면서 떠나는 모습이 담긴 사진과 동영상을 페이스북 메신저를 통해 보내왔습니다. 밤 버스를 타고 프놈펜으로 떠나는 사진도 보내왔고, 다음 날 아침 따프롬 워크숍에 도착해 오리엔테이션 교육을 받는 모습의 사진도 보내왔습니다. 그 후로 매주, 재봉틀을 배우는 학생들의 모습과 그들이 만들어낸 결과물을 담은 동영상과 사진이 쌈앗 선생으로부터 꾸준히 전해졌습니다. 남성 지갑, 여성 핸드백, 에코백, 각종 모자 등, 그들의 손끝에서 만들어지는 작품들이 하나둘씩 완성되어 가는 모습을 지켜볼 때마다, 그들의 손끝 하나하나에는 새로운 세계로 떠나는 모험가들처럼 두근거림이 묻어 있었습니다. 매주 빠짐없이 전해지는 학생들의 모습을 보고 있으니 걱정하던 마음은 사라지고 귀엽게 싹을 틔워가는 과정이 예쁘기만 하고 기특하기만 하였습니다

그러는 사이에 워크숍의 욱 쌈은(Ouk Sam Ouern) 대표와도 매우 가까워졌습니다. 어느 날 그는 생일 케이크를 자르는 사진을 보내 왔습니다. 학생들이 욱 대표의 생일을 위해 케이크를 샀다고 하는 것이었습니다.

"저는 태어나서 한 번도 생일을 보낸 적이 없어요."
"아니, 왜요?"
"제 아버지는 제가 세 살 때 돌아가셨어요. 크메르 루즈군이 저

2024년 프놈펜으로 봉제 교육을 받으러 떠나는 봉제반 학생들

희 아버지를 죽였습니다. 그래서 저는 제 아버지 얼굴을 몰라요. 그때 사진까지 모두 불태워졌거든요. 그런데 학생들이 제 생일을 어떻게 알았는지 생일 잔치를 해주네요."

그는 이런 아픔을 딛고 성장하여 가난한 사람들과 어려운 사람,

특히 장애인들을 돕는 일을 해왔다고 합니다. 그래서 따프롬 실크 워크샵에서 일하는 사람들은 모두 휠체어를 타고 일하고 있었습니다.

"세상은 고통으로 가득하지만, 그것을 극복하는 사람들로도 가득하다"라는 헬렌 켈러의 말이 떠오릅니다. 욱 대표는 이처럼 어렸을 때의 고통을 극복하고 지금은 많은 어려운 사람들에게 기술을 가르쳐서 새 삶을 찾아주는 일을 하고 있었습니다. 처음 세웠던 계획은 수포로 돌아갔지만, 그것이 끝이 아니라 새로운 출발점이 되었습니다. 마치 강물이 막힌 곳에서 새로운 길을 찾아 흐르듯, 예기치 않게 만난 새로운 사람들이 처음 그리고 있던 길보다 더 나은 방향으로 나아갈 수 있는 대전환점을 마련해준 것이었습니다.

그가 이렇게 말했습니다.
"한국에 계신 분들이 저희 나라 오지에 학교를 세우고, 가난한 학생들을 위해 이렇게 도움을 주시고 계시니 정말 고맙습니다. 저도 힘을 다해서 돕겠습니다."

재봉틀도 사고

모든 시작은
결국에는
다만 계속일 뿐
- 비슬라바 쉼보르스카, 《첫눈에 반한 사랑》 중에서

봉제반 학생들이 프놈펜에서 지내게 된 지 두 달째가 되어가는 시점이 되었습니다. 학생들이 과연 얼마큼의 봉제 기술을 배웠는지 확인해야 될 때가 되었습니다. 최경란 선생님과 함께 저의 아내도 함께 동행하기로 했습니다. 저의 아내는 중학교를 설립할 때부터, 또 우물을 파는 일, 그리고 공예학교를 짓는 과정에서 처음부터 매우 중요한 역할을 한 사람 가운데 한 명이었습니다. 뿐만 아니라, 제가 수레꾼의 일을 시작하기 전부터도 저와 함께 앙코르 유적을 탐사하며 캄보디아 곳곳을 다녔으며, 태국에 있는 앙코르 유적지인 파놈눙과 피마이, 그리고 크메르인들의 조상이 세운 라오스의 왓푸 사원, 앙코르 제국을 멸망시킨 태국의 아유타야 유적과 수코타이 유적까지 저와 함께 걸어주었던 반려자이자 동행자였습니다. 아내는 또한 도예가이면서 가죽공예 전문가였으므로, 최 선생님과 함께 프놈펜으로 가서 학생들을 만나기로 했습니다.

공예학교는 11월에 오픈하기로 잠정적으로 결정하고, 그 사이에 부족하고 미진한 부분을 미리미리 점검하여 개교할 때 차질이 없도록 만반의 준비를 해야 했습니다. 프놈펜 외곽에 위치한 따프롬 실크 워크샵을 쌈앗 선생과 통역 톨라와 함께 찾아갔습니다. 학생들이 무척 반가워하면서 자신들이 두 달 동안 만든 물건들을 우리에게 자랑스럽게 보여줍니다. 아내와 최 선생님은 그들이 만든 제품들을 꼼꼼하게 안과 밖을 살펴보았습니다. 그리고 저에게 귀띔을 해줍니다.

"두 달 만에 이 정도 만들 수 있으면 봉제의 기초 교육은 아주 잘 되고 있는 거예요. 정말 만족합니다"

저는 이 말을 듣자 신이 났습니다. 그동안 몸과 마음으로 고생한 모든 것들이 사라지고 학생들과 함께 앞으로 만들어갈 세상에 대한 기대가 부풀어 오르기 시작했습니다. 욱 대표와 봉제 교육을 실제로 가르쳐주고 계신 킴 샤워(Kim Sour) 선생님에게도 감사의 인사를 드렸습니다. 그리고 욱 대표가 알려주는 재봉틀 시장에 가서 공예학교에서 사용할 재봉틀을 골랐습니다. 지금 학생들이 사용하고 있는 재봉틀과 똑같은 모델로 구입하길 원하였지만 욱 대표가 골라주는 것은 자기들이 사용하는 것보다 훨씬 더 좋은 재봉틀이라고 적극 추천하는 것이었습니다. 그리고 직접 재봉틀의 성능을 보여주었습니다.

"만약 이 재봉틀이 고장나면 어떻게 하지요?"

"그럼 택배로 보내시면 됩니다, 바로 수리를 해서 보내드릴 수 있어요."

캄보디아에서 택배가 잘 되리라는 믿음이 전혀 없었지만, 코로나 바이러스 방지용 마스크를 여러 차례 보내고, 피아노도 잘 도착한 것으로 미루어보면 이제는 캄보디아도 한국처럼 택배 시스템이 잘 정착되고 있는 듯이 보였습니다. 욱 대표가 추천하는 대로 재봉틀 다섯 대와 오버로크 전용 재봉틀 두 대를 추가로 구매하였습니다. 그리고 나머지 한 달 동안 학생들이 새로 산 재봉틀로 연습을 할 수 있게 한 대를 더 추가하여 구매한 다음 따프롬 실크 워크샵에 기증을 하고, 다음 날 아침 일찍 뽀디봉으로 출발을 했습니다. 이제 수레꾼은 《나무를 심은 사람》의 주인공인 양치기 노인이 황무지 땅에 꾸준하게 나무를 심어주었던 것처럼 뽀디봉 학교 학생들에게 멈춤 없이 새로운 길을 열어주는 일을 힘차게 밀고 나갈 일만 남았습니다.

말끔하게 청소를 하고

사랑이 길이란다
사랑이 힘이란다
사랑이 전부란다
- 박노해, 〈사랑은 불이어라〉 중에서

지난번에는 캄보디아 졸업생들과 함께 뽀디봉 마을에서 머물렀기에 별다른 걱정이 없었지만, 이번에는 최 선생님과 아내가 마을에서 지내게 되어 여러모로 신경이 쓰였습니다. 특히 물과 화장실 문제가 크게 마음에 걸렸습니다. 캄보디아의 많은 시골 사람들은 화장지를 사용하지 않고 물을 바가지로 떠서 직접 손으로 뒷처리를 하는 화장실 문화가 여전했습니다. 저 역시 두 차례에 걸쳐 이곳에서 머무르며 처음 경험해서 안 일이었고, 뒷처리 할 때마다 매우 어색하고 불편했습니다. 그래서 톨라와 깐냐에게 너희들은 어떻게 대변 후 뒷처리를 하는가 하고 물었습니다. 그랬더니 깐냐는 친절하게 제스처까지 써가면서 뒷물하는 방법을 자세히 일러주면서 캄보디아 사람들은 다 이렇게 한다고 알려주었습니다. 사정이 이러하니 한국을 떠나기 전에 화장실 사용법을 두 분에게 미리 말하고, 그래도 공예학교에서 지내는 것이 괜찮겠냐고 물었습니다. 그런데도 두 사람은 스스럼없이 웃으면서 승낙했습니다.

우리 일행은 늦은 저녁에 마을에 도착했고 수레꾼 뽀디봉 초등학교에도 아침이 밝아왔습니다. 교문 좌우로 길게 뻗은 길에서 자전거와 오토바이를 타고 등교의 행렬이 이어집니다. 아침을 먹지 않고 온 학생들은 쏘리야 부인이 만든 도시락을 사서 미끄럼틀에서, 그네에서, 나무 아래에서, 교실 앞 계단에서 삼삼오오 둘러앉아 아침을 먹습니다. 중학교 정문 맞은편 매점에서도 중학생용 도시락을 만들어 팔고 있었습니다. 작년에는 없던 매점이 교문 바로 맞은편에 생긴 것입니다. 중학교 교장 부인도 매점을 열어서 간식을 팔고 있었습니다. 교정에서 교사와 학생들도 아침을 먹고, 우리도 똑같이 앉아서 아침을 먹습니다. 학생들이 웃으며 인사를 하고 우리도 학생들을 보면서 쏙써바이! 쏙써바이! 하고 아침 인사를 합니다. 청소 당번의 학생들은 등교하자마자 교실도 치우고 학교 교정도 깨끗하게 청소를 합니다. 아내가 저를 보고 말합니다.

"정말 교정이 깨끗해졌어요. 전에 왔을 때는 쓰레기가 너무 많아서 너무너무 더러웠는데 이제는 많이 깨끗해졌네요. 매일 저렇게 청소를 하나 봐요."

그랬습니다. 아내는 코로나 이전까지 이 학교를 네 번이나 방문했으나, 코로나 이후에는 처음 방문하는 것이어서 모두 처음 보는 풍경이었습니다. 불과 5년 사이에 변한 학교의 모습들이었습니다. 그렇다고는 해도 쓰레기가 완전히 없어진 것은 아니었습니다. 너른 교정에 빽빽하게 들어차 있던 쓰레기들이 많이 없어진 것은 사실이지만 쓰레기를 버리는 습관은 지금도 여전했습니다. 시간이 지나면 반드시 해결될 것이라고 확신하면서 쓰레기를 버리지 않는 습관 들이기는 매일 매일 해나가야 할 일입니다. 이렇게 청소하는 모습을 보기까지 10년이란 긴 세월이 필요했습니다.

아내는 또 기뻐서 말합니다.
"아이들의 표정이 정말 정말 밝아졌어요."

그러고는 아이들의 얼굴이 클로즈업된 사진을 열심히 찍어서, 가져온 포터블 프린터로 자신이 찍은 사진을 곧바로 인화한 다음 아이들에게 주었더니 아이들이 쫓아다니면서 정말 좋아했습니다.

재봉틀 설치하다

프놈펜 시장에서 구입한 공업용 재봉틀 다섯 대와 오버로크 (overlock) 전용 재봉틀 두 대, 모두 일곱 대의 재봉틀이 썸라옹에 있는 택배회사에 도착했다는 연락을 받고, 쏘리야 교장과 톨라와 함께 두 번을 왕복하여 재봉틀을 실어 왔습니다. 또 목공을 가르치고 있는 뜨리 선생과 함께 공구상점으로 가서 목공에 필요한 기계를 추가로 구입했습니다. 공구상점에 있을 때부터 엄청난 소나기가 내리기 시작하더니 학교로 돌아오는 길 내내 비가 그치질 않습니다. 길과 나무들과 하늘이 모두 잿빛이었습니다. 앞이 보이지 않을 정도의 강렬한 비였습니다. 운전하던 쏘리야 교장이 캄보디아의 우기에 대해서 알려줍니다.

"캄보디아의 우기는 대략 5월부터 시작해서 11월 중순쯤에 끝이 나요. 7월과 8월에 비가 제일 많이 오지요."

지금이 바로 우기가 한창때인 8월 말이었습니다. 공예학교는 빨간 철판 슬래브의 지붕입니다. 폭포수 같은 소나기가 내릴 때면 아무리 큰소리를 질러도 옆 사람과 아무런 대화도 할 수 없을 정도로 무섭게 내렸습니다. 운동장을 바라보니 이런 정도의 우기는 아무것도 아닌 듯 슬리퍼를 신은 채 아이들이 아랑곳하지 않고 뛰어다닙니다. '이렇게 비가 내려도 금방 그쳐! 그러니 아무 걱정하지 마!' 하듯 아이들의 표정들은 무섭게 내리는 비에도 아주 익숙했습니다. 정말 그랬습니다. 하늘이 무너지는 듯 억수같이 쏟아지더니 언제 그랬냐 싶게 파란 하늘에 열대의 하얀 구름이 멋지게 피어오르고 있었습니다. 6개월이 넘는 우기 동안에도 학생들은 자전거와 오토바이를 타고 등하교를 해야 하고, 선생님들도 마찬가지로 출퇴근을 해야 하니 비에 익숙할 만도 했습니다.

우리가 재봉틀과 목공기계를 운반하는 동안 아내와 최 선생님은 썸라옹에 있는 시장(마을에는 시장이 없기 때문에)에 가서 빗자루, 마대 걸레, 손걸레, 양동이, 쓰레기통과 화장실 비치용 도구 등 청소도구들을 사 와서, 교실과 화장실을 깨끗하게 청소하기 시작했습니다. 거미줄이 쳐져 있는 벽과 새들이 실례를 한 것들까지 말끔하게 청소를 한 다음, 재봉틀을 싸고 있는 택배 포장 박스를 풀어 제 위치를 잡아 설치해 놓으니 봉제실의 모양이 아주 그럴듯해졌습니다. 뜨리에게는 봉제반 학생들이 돌아오기 전까지 봉제실과 전시실에서 필요한 대형 선반과 책장 6개, 작업 테이블 2개, 그리

고 의자 20개를 만들어 달라고 부탁하고, 목재 재료비로 2,000$을
지원했습니다.

70m 지하수

까만 씨앗
한 개가 하는 일은
작은 점에서
시작하는 일이다.
- 정두리, 《씨앗》 중에서

문제가 생겼습니다. 이번 여행에서 머물기로 한 곳은 공예학교 교실이었는데, 예상치 못한 상황이 벌어졌습니다. 목욕탕과 화장실에서 사용될 물이 멀리 있는 웅덩이에서 끌어온 물이었는데, 그물은 벌레와 곤충이 우글거리고, 한 치 앞도 보이지 않는 흙탕물이었습니다. 이 물은 사용할 수 없는 물이었습니다. 양치질은 말할 것도 없고 세수조차 할 수 없어 막막한 상황이 되고 말았습니다. 더욱 난감했던 것은 쏘리야의 부인이 몸이 좋지 않아 링거 주사를 맞고 있는 것을 본 터라, 쏘리야의 집에 가서 잠을 자는 것도 매우 미안한 처지가 되었습니다. 이러지도 저러지도 못하는 곤란한 지경에 놓여 있던 그때, 뜻밖의 광경이 눈에 들어왔습니다. 쏘리야 교장의 아버지가 커다란 생수통을 들고 오가는 모습을 본 것이었습니다. 집 뒤에 새로 지어진 창고 안에는 커다란 생수통과 플라스틱 생수병이 가득 쌓여 있었습니다.

쏘리야 교장에게 물었습니다.

"아버지가 들고 계시는 저 생수통이 뭐지요?"

쏘리야의 아버지는 자신이 모아둔 12,000$ 모두를 투자하여 70m 깊이의 지하수를 파고, 정수 시스템을 구축해 앞으로 마을에 생수를 공급할 계획이라고 설명했습니다.

"70m 지하수?"

저는 이 말을 듣고 깜짝 놀랐습니다. 왜냐하면, 제가 그토록 애타게 찾아 헤맸던 지하수용 대형 시추기가 이 작은 마을까지 들어올 수 있다는 사실을 처음 알게 되었기 때문이었습니다.

"그렇다면 아버지가 하셨던 것처럼 공예학교에도 지하수를 팔 수 있어요?"

"네. 60m 지하수는 800$이고요. 70m 지하수는 900$이면 됩니다."

제가 살고 있는 봉화에서는 100m 깊이의 지하수를 파려면 천만 원이 넘었습니다. 당장 업자에게 연락해서 70m 지하수를 파게 하라고 했습니다. 공예학교에 물이 없어서는 그 어떤 작업도 할 수 없기 때문이었습니다. 그리고 무엇보다도 화장실 사용이 편해야 했습니다.

"저 큰 생수 한 통의 가격은 얼마지요?"

"생수통 하나에 50센트입니다."

정말 가격이 싸도 너무 쌌습니다. 20L 큰 생수통 두 통이면 1$이었습니다. 생수통 10통을 학교로 갖다 달라고 하고 5$을 생수 판매 첫 기념이라고 하면서 아버지께 드렸습니다. 우리는 이 물을 학교로 가져가서 커다란 플라스틱 통에다 부어놓고 목욕도 하고, 세수도 하고, 화장실도 사용했습니다. 이렇게 하여 난생처음 생수로 목욕하는 경험을 했습니다. 긴박했던 상황을 간신히 넘기고 학교에서 머무는 동안 여러 가지 불편한 점이 많았지만 공예학교 교실에서 처음으로 잠을 잘 수 있었습니다.

또 넘어야 할 산

슬퍼하지 마라.
이내 때가 온다.
때가 오면 쉬자.
- 헤르만 헤세, 《방랑의 길에서》 중에서

프놈펜에서 봉제기술을 배우고 있는 봉제반 학생들의 교육은 순조롭게 진행되고 있고, 이제 막 새로 뽑은 목공반의 다섯 명의 아이들은 뜨리와 함께 교실에서 필요한 의자와 작업 테이블 그리고 대형선반들을 만들고 있습니다. 어렵게 어렵게 공예학교의 산을 넘어가고 있지만, 또 넘어야 할 산이 하나 남았습니다. 지난 2월에 목공반 학생들에게 목 조각법을 가르쳐주기로 약속했던 목공예선생이 정작 때가 되자 말도 없이 그야말로 감쪽같이 사라져 버린 것이었습니다. 아무리 수소문해도 그가 간 곳은 오리무중이었습니다. 쏘리야 교장이 말합니다.

"그를 더 이상 찾을 수 없어요. 그런데요. 국경이 있는 오쓰맛(O Smach)에 가면 유명한 조각가가 또 있다는 소문을 들었어요. 한번 찾아가 볼까요?"

뽀디봉 마을은 태국 국경과 가까운 곳에 있는 마을이었습니다만 오쓰맛이라는 곳은 태국으로 넘어가는 바로 그 국경 검문소에 위치하고 있는 마을이었습니다. 이곳에는 대형 카지노와 리조트가 즐비하게 있어서 많은 태국인들과 중국인들이 국경을 넘어와 카지노와 빠친코를 하는 곳입니다. 1999년까지는 태국과 간헐적인 전투가 벌어졌던 곳이었고, 특히 크메르 루즈가 여전히 이곳을 장악하고 있었기 때문에 안전하지 않았던 지역이었습니다. 하지만 2003년에 태국과 정식으로 국경이 개통되어 태국인들이 마음 놓고 국경을 넘어서 이곳에서 카지노를 하게 되었습니다. 캄보디아에서의 도박은 외국 여권 소지자에게는 합법이지만 태국은 불법이라고 합니다.

우리 마을에서 자동차로 약 20분쯤 걸리는 오쓰맛에 도착해서 그의 집을 물어물어 찾아갔습니다. 오쓰맛의 마을은 꽤 규모가 컸습니다. 한참을 찾아 그의 집에 들어서니 마당에 나뭇조각들이 흩어져 있었고, 조각가는 늦은 아침 식사 중이었습니다. 그는 식사를 멈추고 난데없이 나타난 이국의 우리들을 보고 다소 긴장하는 듯했습니다. 쏘리야 교장이 자초지종을 이야기하고 학생들에게 목조각법을 가르쳐줄 수 있느냐고 물었습니다. 하지만 그는 아이들을 가르쳐 본 적이 없다고 겸손하게 거절을 하면서, 그 대신에 학생들을 가르쳐줄 수 있는 다른 사람을 소개시켜 주겠다고 말합니다. 아쉬웠지만 새로운 선생의 연락처를 곧 알려주겠다고 하는 것으로 그와의 첫 대면을 마칠 수밖에 없었습니다.

그는 자기가 만든 작품들을 사진을 통해서 보여주었는데 조각품의 수준이 지난번에 만났던 조각가와 우열을 가릴 수 없을 정도로 뛰어났습니다. 약 1m쯤 되는 크기의 정교하게 조각된 캄보디아 전통 압사라 조각품이 거실에 놓여 있었는데 그러한 조각품을 완성하려면 거의 한 달이 걸린다고 합니다. 조각품의 가격이 얼마인가 물었더니 1,000$이라고 합니다. 만약 이렇게 정교하게 조각된 목공예품을 한국 조각가가 조각했다면 작가에 따라 적어도 5백만 원에서 1천만 원 정도에서 매매가 이루어질 것으로 보이는 수준 높은 작품이었습니다.

비록 목공예가의 승낙은 얻어내지 못했지만 넘어야 할 산은 늘 있게 마련입니다. 이런 일을 할 때에 가져야 할 적절한 마음이란 별 다른 것이 없습니다. 오직 흔들림이 없어야 합니다. 동쪽으로 가고자 하면서 서쪽으로 갈 수는 없는 일입니다.

원효는 발심수행장에서 다음과 같이 말씀하십니다.

"흔들림 없이 나아가는 것은 수레의 두 바퀴가 굴러가는 것과 같으며, 스스로를 이롭게 하고, 다른 이를 이롭게 하는 것은 마치 새의 양쪽 날개와 같다."

봉제 선생님을 구하다

꽃보다
가장
꽃다운 너
- 김현미, 〈홀씨〉 중에서

수레꾼 활동을 하면서 붙은 습관 중 하나는 앞으로 다가올 이 마을과 학교의 미래 모습을 상상하는 일입니다. 식수가 부족할 때는 우물을 판 후 마을 사람들의 변화된 생활을 상상했고, 자동차 타이어의 고물 휠로 수업 종을 치던 시절에는, 우리가 만들어 준 제대로 된 학교 종이 땡땡 울리면 학생들의 표정이 어떻게 달라질 지를 떠올렸습니다. 움푹 팬 교실 바닥을 타일로 교체한 후에는 학생들의 학습 환경이 얼마나 좋아질지 그려보았고, 열대 과일나무를 심으면서는 나무가 자라서 그 그늘 아래에서 책을 읽고, 이야기 나누는 여학생들의 낭만 어린 모습을 상상했습니다. 그리고 교문을 세우고 그 교문으로 들어서는 다리 공사를 직접 하면서 이 다리를 건너갈 수많은 아이들의 모습을 상상했습니다. 상상했던 꿈은 모두 현실이 되었습니다.

이제 출범할 공예학교에서, 학생들의 손으로 직접 만들어질 수 많은 작품들이 뽀디봉 마을을 어떤 모습으로 변화시킬지를 상상할 때면 또다시 벅차오르고 설렘니다. 이 꿈이 이루어지려면 학생들을 지도할 훌륭한 공예 선생님들이 필요하지만 이곳에서 수준 높은 공예 선생님을 찾는 것은 결코 쉽지 않았습니다. 프놈펜에서 3개월 동안 봉제 교육을 받고 온 학생들이 지속적으로 좋은 봉제 교육을 받게 하기 위하여 따프롬 워크샵의 대표에게 부탁의 메시지를 보냈습니다.

"우리 학생들을 3개월 동안 재우고 먹이면서 가르쳐주시느라 고생 많이 하셨죠? 저희는 선생님께서 한 달에 한 번 어려우시더라도 우리 공예학교에 방문하여 주셔서 기초 교육을 이어갔으면 좋겠습니다. 가능하실까요?"

만약 이 일이 성사되지 않으면 달리 대안 찾기가 참으로 난감했습니다.

"저희가 간다면 얼마 동안 체재하면서 가르쳐야 하나요?"

"대표님이 생각하기에 어느 정도 기간이 적당하십니까?"

"저는 이틀이면 가능할 듯합니다."

그분들이 이틀간 강의를 하기 위해서는 왕복에만 이틀이 소요되니, 실제로는 4일을 할애해야 하는 어려운 부탁이었습니다. 왜나하면 거리가 멀어서 오는 데 하루, 돌아가는 데 하루가 소요되기 때문이었습니다. 우리는 따프놈 워크샵 대표의 제안을 즉시 수락했습니다. 이렇게 해서 한 달에 한 번, 공예학교에 와서 봉제반 학생들을 이틀 동안 지도하기로 약속했습니다.

비록 매달 한 번뿐인 짧은 시간이지만, 이 방법으로 1년간 봉제교육을 꾸준히 이어갈 수 있다면, 1년 후에는 학생들의 재봉 실력이 눈에 띄게 향상될 것이 자명했습니다.

드디어 개교하다

만약 어떤 사람이
어느 항구로 가야 하는지 모른다면
그 어떤 바람도 도움이 되지 않는다.

11월 18일, 지난 5년 동안 머릿속으로, 가슴속으로 상상해 오던 수레꾼 뽀디봉 공예학교의 개교식이 마침내 열렸습니다. 학생들도, 학교 선생님들도, 마을 사람들도, 심지어 웃따민쩨이의 공무원들까지 모두 힘을 모아 개교식 행사를 준비했습니다.

3개월간 프놈펜에서 유학하며 재봉 기술을 익힌 공예반 학생들은 마을로 돌아와 에코백, 파우치, 화장품 가방, 지갑, 모자 등 다양한 제품을 만들어냈습니다. 목공반 학생들 역시 공예교실과 전시실에서 사용할 대형 테이블, 작업대, 의자들을 손수 제작했습니다. 한국에서 가져온 'Surekkun Pothivong Craft School' 로고가 새겨진 합성가죽 라벨을 제품에 정성껏 달자, 봉제작품들은 더욱 그럴듯한 모습으로 변했습니다. 재봉틀을 조금도 다룰 줄 몰랐던 학생들이 5개월 만에 만들어낸 수준 높은 작품들은 정말 놀라웠습니다.

드디어 개교식이 시작되었습니다. 수레꾼의 박세동 대표의 인사말과 이어서 썸라옹 시의 부시장 축사가 있었습니다. 그리고 각계각층 인사들의 리본 커팅식이 이어졌습니다. 마을 사람들과 귀빈들은 학생들이 만든 제품을 보고 놀라움과 기쁨을 감추지 못했습니다. 옷따민쩨이 주와 썸라옹 시를 통틀어 처음이자 유일한 공예학교의 탄생은 모두에게 큰 자랑거리였습니다. 교육부 관계자들 역시 학생들의 작품 수준에 감탄하며 공예학교의 발전 가능성을 높이 평가했습니다.

이제 수레꾼 뽀디봉 공예학교는 이렇게 첫발을 힘차게 내디뎠습니다. 나무 한 그루 없던 황무지에 세운 초등학교에서 시작된 아이들의 이야기는 이제 한 세대의 삶으로 꽃을 피워가고 있습니다. 수레꾼 초등학교와 수레꾼 중학교를 졸업하고, 수레꾼이 판 우물의 물로 갈증을 달래가면서 자란 그 아이들이 이제는 어엿한 어른이 되어, 같은 학교를 졸업한 남학생들과 결혼하여 가정을 이루고 사랑스러운 아이들을 품에 안고 살아갑니다.

이 학생들을 보고 있으면 황무지 땅에 뿌린 작은 씨앗이 울창한 숲으로 자라난 듯한 벅찬 감동으로 가슴을 가득 채웁니다. 캄보디아 오지 마을 뽀디봉에서 한국의 수레꾼이 끌고 밀면서 만들어가

는 사랑의 인연이 꽃으로 피고 열매를 맺어가는 아름다운 모습입
니다.

수레꾼은 끝으로 말합니다.

"씨앗이 있다고 무조건 싹이 트는 것은 아닙니다. 인(因, 씨앗)은 반
드시 연(緣, 자비의 수레)을 제대로 만나야 비로소 아름다운 꽃이 피고
맛있는 열매를 맺습니다."

Epilogue

행복꽃을 천천히 그리고
꾸준히 피워나가겠습니다

> 즐거운 마음으로
> 널리 베풀면
> 사랑과 칭찬이 따른다.
> 어디를 가든 두려울 것이 없다.
> - 붓다

붓다께서는 54명의 첫 제자들에게 다음과 같이 말씀하셨습니다.

"많은 사람들의 이익과 행복을 위하여, 세상을 불쌍히 여기고 세상의 이익과 행복을 위하여 길을 떠나라."(전도 선언 중에서)

수레꾼은 이러한 붓다의 말씀을 새기며, 어려움을 겪고 있는 중생을 이롭게 하고, 중생을 올바르게 안내해 나가는 길을 따라 캄보디아 오지 마을 뽀디봉에서 지난 15년 동안 자비의 수레를 끌고 밀었습니다.

그동안 올바른 길로 수레꾼을 이끌어주신 수많은 후원자님들께 머리 숙여 거듭 감사의 말씀을 드립니다. 앞으로도 변함없이 세상 사람들이 행복한 꽃을 피워갈 수 있도록 열심히 정성껏 노력할 것을 약속드리면서, 지난 16년 동안의 수레꾼 기록을 마칩니다.

감사합니다.

수레꾼 회장 박세동,
대표 오서암,
총무이사 배영남,
회계이사 금숙향 올림

『자비를 나르는 수레』 오지에서 끌다

지은이 · 오시환(서암)

펴낸곳 · 마인드큐브

펴낸이 · 이상용

책임편집 · 맹한승

디자인 · 정태성(투에스북디자인)

기획 · 자비를 나르는 수레꾼

출판등록 · 제2018-000063호

이메일 · eclio21@naver.com

전화 · 031-945-8086 **팩스** · 031-945-8087

초판 1쇄 발행 · 2025년 2월 17일

ISBN 979-11-88434-87-9 (03800)

값 20,000원